藥丸奧斯卡

第四部
綠色石板

VOLUME IV

OSCAR PILL

ELI ANDERSON

LES DEUX ROYAUMES

a novel

艾力·安德森——著
陳太乙——譯

春天出版
Spring Publishing

三重偉大

奧斯卡侵入雷歐尼體內的氣息國，經歷那些起伏波動之後，他的肚子餓得咕嚕咕嚕叫，已過了中午許久，於是肚子指示他「降落」的地點，回到庫密德斯會的廚房正中央。

感謝老天，雪莉不在爐邊：所以，他有機會找到比那些恐怖料裡好吃的東西，並溜進房間悄悄享用。今天晚上就可以飽餐一頓，因為傑利會載他回巴比倫莊園。

他躡手躡腳地走到廚房另一端，打開食物儲藏室的門。那真的是另外一個獨立的房間，牆邊擺滿層架，以便收納罐頭食品。一般來說，奧斯卡只要有果醬和麵包，或者幾片餅乾，就很滿足了。雪莉預先準備了太多罐頭，根本不會發現有東西不見。反正，在這裡的所有人，上從布拉佛先生開始，都已練就一身技巧，能避掉送上桌的餐點，然後到庫密德斯會外面去好好吃一頓——或者，像奧斯卡一樣，偷偷預備點東西，以防萬一。

他小心翼翼地溜進食物儲藏室，然後把門關好。他伸手摸索，找到電燈開關。他一按下，門上方的燈光大亮。他轉過身，卻被嚇了一大跳。

傑利坐在一張小板凳上，手裡拿著一個好大的三明治，吃得滿嘴都是。他以哀求的眼神，示意奧斯卡閉嘴保持安靜。

「您的運氣很好，親愛的小奧斯卡。」傑利吞下塞得滿嘴的東西後，開口解釋：「我老婆今天中午靈感特別豐富：用花椰菜，大黃，杏仁果，和甘草混合，再加上很多玫瑰醋醃漬魚串，而且是生的，當然。結婚以來，我這輩子已經見過，並嚐過很多東西；但這一次，坦白說，她太過份了。」他笑著說，露出深色鬍鬚下的一口白牙。

奧斯卡微笑了起來。

「希望她沒多留一份給我。」

「這個嘛，如果她要留給您，您可不一定躲得掉：那玩意兒還剩很多……布拉佛先生寧願留在書房，跳過這餐不吃：彭思很好心地事先把菜色告知他。」

醫族少年走到司機面前，用饑渴羨慕的眼神盯著那超讚的火腿，乳酪，沙拉，小番茄，酸黃瓜，芥末醬，而這一切全部夾在兩片烤得剛剛好的柔軟吐司片裡。傑利對他眨眨眼，把點心分成兩半。

「拿去。」他說，把一半三明治遞給他：「這能幫您撐到今天晚上。」

「謝謝！」奧斯卡毫不猶豫地道謝，並大口咬下：「好好粗，您真是三明柱大王，傑利！」

「是，這麼說也不為過。」傑利承認，頗為自豪。「就連體內世界的兩個孩子也願意嚐嚐呢！您能想像嗎？！哎呀，我忘了：牠們在您的房間等您。別告訴他們我一時沒想到……」

「別擔心。」奧斯卡說，一面連忙將剩下的三明治吞完：「我會告訴他們我臨時有急事耽擱了！」

傑利縱聲大笑，突然又想起威脅尚未解除：雪莉可能隨時開門進來。她一定會把偷吃點心的行為當成嚴重的背叛……

司機將完美如新的制服外套和金絲刺繡綠天鵝絨背心穿戴整齊——雪莉的廚藝嚇人，但其他的部分，尤其是老公的衣著保養，她無可挑剔。他若無其事地走出儲藏室。奧斯卡跟在後面，也裝出一臉純真無邪。他們互換一個心照不宣的眼神，然後分手。

奧斯卡至少花了半個小時講述雲霧之城的旅程，應好友們的要求——尤其是對冒險超級熱衷卻又因為不能去而失望不已的瓦倫緹娜——就連最枝微末節的部分也不放過：晉見國王，難關考驗，而聽到摩斯卑鄙的舉動時，他們都憤憤不平。

「我好討厭他！」女孩高嚷，握起小拳頭掄打身邊的抱枕。

「冷靜一點！」勞倫斯勸她：「妳會弄傷自己，而摩斯卻一點感覺也沒有。」

「我需要發洩！你想要我發洩在你身上嗎？」她反問，還掐了男孩一把。「還有你，奧斯卡，你腦袋是出了什麼問題？幹嘛要救他？就讓那頭可憐的病毒吃掉他啊！雖然味道一定不怎麼樣，但是至少現在這個時候，那個傢伙已經被解決了！」

「我也不知道。」奧斯卡坦承。「總之，等妳有機會返回兩國世界，就會明白，生命很重要，不該小看。妳不會想隨便開殺戒……」

「就連對摩斯也不想？」瓦倫緹娜訝異地問。

「對，就連對摩斯也不想。在他的體內小宇宙裡，也有許多人為了他的生命努力奮鬥。而且，他的生存，一定也對某些人很重要。」

他把蓋爾和他的女伴琪咪最後說的話轉述給好友們聽。

「是啊！真難想像。」勞倫斯認同。「生命如此不堪一擊……只要幾隻細菌分裂，感染一個國度，呼吸就會中止——連我們也一起斷氣！」

「同時，」瓦倫緹娜強調：「聽起來很令人放心：有那位蓋爾和他的士兵守在那裡保衛體內世界，他們人數那麼多！」

蓋爾的話在奧斯卡腦海中迴盪：「別忘記生命的價值。」他從不曾忘記：失去之後，生命的價值更重要非凡。而奧斯卡覺得自己從出生就失去了一條命：父親的死與缺席，對他來說，常像是他自己的生命破了個大洞，空白一大塊。這種感覺一直左右著他。所以，沒錯，他懂得生命的價值，知道那是一項值得奮鬥的目標。

如果真有可能的話，但願人們盡一切努力，讓人死而復生。他願意相信這是可能的。

「你們有找到時間去調查綠寶石板的事嗎？」他詢問兩位好友，滿懷希望。

「有，不過你聽了會失望。」

瓦倫緹娜描述她的歷險經過，幾乎跟進入氣息國一樣驚險萬分：星期天早晨，逃過彭思的巡視，溜入圖書室。奧斯卡陪好友雙人組一起笑鬧，為了讓他們繼續講到最後，並專注聽他們的調查結果，以及茱莉亞給他們資訊。

「我閱讀了館內所有關於赫墨斯神的資料。」勞倫斯補充，「沒找到任何其他線索。不過，我得到證實：對許多民族來說，他的確是一位起死回生之神。而且也是……」

「也是什麼？你有找到別的？」瓦倫緹娜訝異地問。

「一位會耍小聰明的狡猾神明，商人和小偷的守護神，你們還以為是什麼？」勞倫斯不太高興地說明。「沒有什麼很明確的線索……或許阿力斯特是對的？這些關於綠寶石板的故事可能只是捏造出來的，為了騙騙那些信以為真的人！」

「但或許阿力斯特是錯的。」奧斯卡斷然評論，朋友這番話太不順耳了。

勞倫斯沒再多說。

「我想，我們需要聽聽外人的意見。」奧斯卡又說。

「你喔！你腦子裡藏了什麼鬼主意？！」瓦倫緹娜猜測。

醫族少年微微一笑。

「一則傳說，一位神話故事裡的神……你們認為，這方面的歷史誰懂得最多，能解開這些謎團？」

他們走下階梯，盡量不引人注目，穿越庫密德斯會的玄關大廳。他們躡手躡腳地進入藏書室。奧斯卡一秒也不浪費，連忙向提圖斯打招呼。座椅不等他開口請求，自動朝書架滑去。它跟主人貝妮絲．魏特斯一樣忠心耿耿。

奧斯卡以閃電光速脫下鞋子，搆到最高那層書架：最厚重的書都擺在那裡。他小心翼翼地拿下其中一本——一冊書背燙金的美麗的皮裝書，然後從提圖斯身上下來，把那部作品放在桌上。

「你真的認為他能幫我們？」瓦倫緹娜懷疑：「去年他的記憶就已經不太清晰，那今年，我不知道……」

勞倫斯狠狠瞪了她一眼。

「妳怎麼能這樣說阿爾逢思侯爵？他是一位非常卓越的人物，學識淵博，數也數不盡……」

「他的年歲也一樣數不盡！」女孩悄聲回嗆，怕被阿爾逢思聽見。

「總而言之，我也沒有更好的辦法了。」奧斯卡坦承。「說不定我們運氣不錯，阿爾逢思已經恢復元氣。」他不怎麼有信心地說。

他把書翻到蝴蝶頁，只見一片空白，於是清了清喉嚨。

「日安，阿爾逢思！」他以愉悅的語氣打招呼：「我是奧斯卡．藥丸，希望我沒打擾到您？」

完全沒有回應：不見一絲墨跡，甚至也聽不見一點鵝毛筆刮在紙上的吱吱響——阿爾逢思是最後一位用這種工具書寫的人了，當然。

奧斯卡轉身看著好友們，很是尷尬。

「也許他睡著了？」

瓦倫緹娜搖搖頭，攤開雙手。

「他沒睡著，只是聾了。這兩種狀況不一樣。」

「才不是！拜託！」勞倫斯忿忿抗議：「現在是午睡時間，只是這樣而已。」

「那麼，就說他一天二十四個小時中有二十個小時都在午睡吧！而剩下的四小時，他耳朵聾了。我告訴你們：這是在浪費時間！」

「等一下！」奧斯卡大喊，兩眼發亮：「來了！他來了！」

墨跡開始出現，字母不容易辨識，但弧線優雅，粗細有致。

「什麼？怎麼了？發生了什麼事？拿起武器，孩子們，戰鬥吧！走吧！祖國的孩子子子子子們，光榮的那天天天天天已到來！」

《馬賽曲》的歌詞混著畫在紙頁上的音符。

「好極了。」瓦倫緹娜翻了個大白眼：「他又卡在法國大革命那一段了。至少要耗上半個小時。」

奧斯卡不肯就此放棄。

「不，阿爾逢思，革命已經結束了，該送上斷頭台都已經砍頭了……我是奧斯卡，還有瓦倫緹娜和勞倫斯也一起來了，他們兩個您都認識啊！」

他把兩個孩子往前推，兩人各用自己的方式打了招呼。

「喔！對！對！當然！」阿爾逢思承認：「我想……我陷入了很深奧的沉思，所以沒聽見你們進來。」

「沉思。」瓦倫緹娜不禁好笑：「當然，我也是，每天晚上都陷入很深的沉思，所以我也會變得很聰明。」

「妳可以別那麼囂張的話，就已經萬歲了。」勞倫斯對她悄聲說：「妳會惹毛他的。」

「您過得怎麼樣？我的好孩子？」侯爵寫出優美極了的字跡，這一次可完全清醒了。

「很好，謝謝。」奧斯卡彬彬有禮地回答。「我也常常思考，剛好遇到一個問題，不知道如何解答。我們心想，您一定能幫我們！」

「問吧！快把問題說出來吧！」老先生熱情地回應。「你們知道，我淺薄的知識十分樂意為各位服務！」

醫族少年不等他再客套邀問。

「阿爾逢思，您曉得赫墨斯這位神明嗎？」

「赫墨斯，宙斯之子，阿波羅的兄弟？當然。」

「這些，我已經告訴過你們了。」勞倫斯強調，有點不高興他們不相信他。

「一個和善可愛的小混混，一天到晚不停搗蛋。你們打聽他要做什麼？我的孩子們？」

「想知道他扮演著什麼樣的角色。」奧斯卡謹慎回答。

他謹記瓦倫緹娜的教訓：被直接問到關於綠寶石板的事情時，所有人幾乎都出現相同的敏感反應，大同小異。阿爾逢思大概是這座藏書室的最後一張可用的牌了，必須靈巧一點。

阿爾逢思開始思考。奧斯卡趁機刺探。

「他真的有……讓亡者復活的力量嗎？」

「那倒不是真的。」侯爵回答。「人們逐漸這麼相信，但是仔細研究古代的文獻後就知道，事實上，赫墨斯所負責的是帶領王者前往地獄……」

三個孩子互換了個失望極了的眼神。

「並沒有那麼令人開心。」阿爾逢思坦承。「我能知道這位神明為何如此吸引你們嗎？這讓我很好奇。」

「呃，因為我讀到一篇關於細胞再生的文章。」奧斯卡回答，心中抱歉必須說謊。「文章裡提到赫墨斯，我想多知道一些……」

「在醫族歷史中，的確有一位著名的赫墨斯，但是跟神話裡的那位神明沒有任何關係……」

「儘管說出來吧！」瓦倫緹娜深受好奇心刺激，忍不住喊道。

「他就是赫墨斯．特里斯美吉斯圖斯，當然。」

「當然。」勞倫斯附議，但他從來沒聽說過這位赫墨斯。「您能多告訴我們一些嗎？」

阿爾逢思嘆了一口氣——書的封面隨風掀起，然後落下。

「讓我看看我書裡某幾頁內容，有時候，我的記憶會出一點非常輕微的小問題……」

「您慢慢來。」奧斯卡掩飾自己著急的心情回答。

華麗的書冊闔上，揚起一小團塵霧，隨後又開啟。書頁從這邊翻過去，又反向翻回來，阿爾逢思終於固定在其中一頁上。頁面上，可看見一個男人，雖然頭髮花白，面貌卻還算年輕，笑容滿面，手裡拿著一條金塊。

侯爵的字跡出現在頁面上方的空白處。

「就是他！赫墨斯．特里斯美吉斯圖斯，出生日期不詳。有人認為他上古時代就存在，有些人說中古時代，有人說十五世紀，還有人說他是十八世紀末葉的人。從他的名字來看，我傾向於相信他活在我們這個紀元的前幾個世紀。不過，我也不是很確定。」

「我覺得，這個名字似乎來自希臘文。」勞倫斯大膽假設：「特里斯美吉斯圖斯，意思是『三重偉大』。」

「太棒了！年輕人！」阿爾逢思稱讚他。「一點也沒錯。黑怕托利亞的孩子都要學希臘文嗎？」

「不，不過我從網路訂了一套學希臘文的DVD。」他得意地說：「我用彭思的名字，然後輸入一組號碼支付，結果真的行得通。」

「一組號碼？」奧斯卡訝異地問：「什麼號碼？」

「其實，我也不知道。不過，我曾聽見彭思打電話訂東西，他給了一組很長的號碼，有十二個數字。我心想，這可真方便，所以就把號碼背下來了。」勞倫斯天真無邪地解釋。

「真的很棒！」瓦倫緹娜還補上一句：「我們試了好幾次，每次都行得通！」

奧斯卡想到老管家和他突然變少的帳戶存款。不過，他擔心離題太遠會讓阿爾逢思的思緒忽然中斷，所以只得等以後再跟好友們說明銀行信用卡的運作方式。

「這位三重偉大的赫墨斯．特里斯美吉斯圖斯是做什麼的？」他問。

「他主要是一位化學家。有很長一段時間，人們認為他是一名醫族，但其實他是一個江湖郎中，自稱能再生已經死去的細胞。」

「他真的有辦法這麼做？」勞倫斯發問。他個性太理智，無法相信這類事情。

「不。事實上，他從來沒這麼做過。可是，到後來，人們信以為真，並懷疑他耍巫術。為了挽回聲譽自救，他寧願用化學方面的成就來吸引眾人注目。他自稱能從鉛或其他金屬中鍊出黃金。由於他非常富有，只要拿他庫房裡的金子代替人家帶去請他變的東西就行了……」

「說穿了，他花錢消災！」瓦倫緹娜大聲說。

「正是如此。代價很高，但這就是江湖術士愛吹牛的實際下場。」

「但是……他真的沒有其他能力嗎？」奧斯卡感到十分掃興，不服氣地追問：「某種跟……生與死有關的能力？」

侯爵遲疑了好一會兒，孩子們認為那是他年紀大的關係。

「我已經跟你說了：那是謠言，只是謠言。不知道有沒有幫到你們呢？」

「有的。」奧斯卡小聲說：「謝謝您，阿爾逢思。」

他闔上書本，放回原位。

三個孩子走出藏書室，一路沉默。瓦倫緹娜和勞倫斯交換了個眼神，一左一右圍住他們的好友。

「那麼，現在，我們要做什麼？」勞倫斯大膽試問。

醫族少年聳聳肩，垂頭喪氣的。瓦倫緹娜試著鼓勵他振作。

「勞倫斯和我，我們已經說好了：決不這樣就放棄。我們去別的地方再找找！」

奧斯卡對好友們笑笑。

「謝謝。不過，我想我知道我現在該做什麼……」

兩個同伴循著他的目光望去：樓梯腳下，彭思站在奧斯卡的行李旁邊，為微駝背，半瞇著眼，紋風不動。

「傑利已經在等您了。」他聲調慵懶地說：「您回巴比倫莊園的時候到了。」

奧斯卡當下懷疑管家話中有種鬆了一口氣的感覺。

「我該走了。」他意興闌珊地說。

「你什麼時候要出發去第二個國度？」瓦倫緹娜問。

「阿力斯特跟我們約好，下個周末在這裡見。當然，也要雷歐尼答應才行。」

「還有，如果他這段期間沒抽太多煙的話。」勞倫斯進一步詮釋。「走吧！回去上學，幸運的小子！」他用這種方式替朋友打氣：「我們會繼續進行調查。」

「星期中要過來看我們喔！別忘了！」

「明天，下課後就來。」奧斯卡允諾。

藏書室柔和的光線下，阿爾逢思·德·聖賴林克斯，即布列維爾公爵暨卡拉邦侯爵，最詳實的醫族歷史著作作者，兀自坐立難安。

裝成一個年邁老者常常有很多好處：人們不會提防他，認定他耳朵已聾得差不多，記憶力比麻雀大不到哪兒去，而他可以趁機知道一些人們在其他狀況下不一定會說的話。例如這次，他完全明白：小藥丸想知道的比他願意告訴他的更多。

男孩的意思表達得非常清楚：「赫墨斯．特里斯美吉斯圖斯的能力與生死是否相關？」人們都以為他退化了，而他的個性正好相反，從不低估別人，知道小藥丸多麼聰明。所以，那孩子腦子裡一定有非常明確的企圖，而阿爾逢思非常了解他在想什麼。

他重讀自己的作品，關於醫族化學家那一頁，然後翻到下一頁，紙面空白。當時，他巧妙地在孩子們看到之前，抹去了內容。現在，他讀著標題：

赫墨斯．特里斯美吉斯圖斯的驚人發現

阿爾逢思的魂靈在精裝書冊深處嘆息。他曉得：那是一種瘋狂的念頭，一種沒有結果的追尋，而過去曾經有多少醫族為此迷途。那是一種神祕，一則沒有根據的傳說。

總之，那是所有人早就認定的道理——一直到他來詢問之前。

他，和另外一個人。

但是，為了全人類的安全，他們不是一起決定要將他們的發現成果守口如瓶嗎？唯一的痕跡，他只寫在這部書中，並發誓，除非特殊狀況，不得已的需求，否則絕不顯露這些字句。

今天，在那三個孩子面前，他並未看到絲毫所謂的不得已的需求——恰恰相反。

還好他謹慎，沒說出自己知道的事。為了他們，為他自己，也為整個醫族著想。

的確如此，沒錯，隱藏這篇文章是他的明智之舉：文中的記載與神祕而危險的綠寶石板息息相關。

出局先生

巴瑞貪婪地注視著她。

賽莉亞身上繫著花圍裙，在廚房裡手忙腳亂，準備晚餐。她的臉上洋溢著笑容：她很清楚自己挑起這個男人什麼樣的反應，而從前一陣子開始，她不再感到難為情。

因為，一開始並沒有這麼簡單。這與孩子們的反應無關，不，不是這個緣故：她知道，對他們而言，看見另一個男人走入媽媽的生活永遠不是件容易的事。她甚至不說是「一個取代爸爸的男人」，因為，關於這一點，她很早就解釋過了：永遠沒有人能取代他們的爸爸。再說，畢竟，有誰能取代維塔力呢？不，最沉重的，並非孩子們的目光，而是她的，她自己的看法，還有，照鏡子時，想到自己除了十四年前被奪走的那個男人之外，也可能會寄望另一個男人的時候。光是想像跟另一個人重建生活，她就有罪惡感。

但是，多虧巴瑞長久以來對她死纏爛打，而其實她也堅持抗拒了許久，情況有了一點變化。自從巴瑞自認贏得賽莉亞的好感開始，她已習慣他窮追不捨地追求，每天至少一通電話，收到一束鮮花。即使這其中不無咄咄逼人的成分，即使電話裡和平常任何時候，他的聲音聽起來活像趕馬車的大叔，即使花束的組合品味很糟，她還是感到開心、安慰，迫使自己去思考：她跟任何其他同齡女人（她才三十五歲）一樣有得到這些的權利，也不須因此就說她背叛了早逝的丈夫。

她感到兩隻手環上了腰間，厚實有力的大手，不拖泥帶水，坦率直接。她微微一笑，放下木勺，溫柔地把這雙手從身上解開。

「我說啊，」巴瑞說：「我們真的一定要在這裡晚餐嗎？難得有一次，不必我苦苦哀求，妳就答應我們在星期天見面，我們應該出去吃，讓我請妳上餐廳才對！而且不是隨便的餐廳喔！嗯？」巴瑞強調：「找一家好餐廳，上好的餐廳。」

她轉過身來，注視他。即使她因為奧斯卡堅決排拒這個男人而頭疼不已，但兒子也並非完全沒道理：他實在不是個很細膩的男人。不過無所謂，他很體貼。接下來，他大概會一直碎碎念說本來應該請她去一間「上好的」餐廳，但其實，他會一直留在身邊照顧她，而這一點，她真的很需要。何況，他是個俊俏的大帥哥，而這倒一點也不礙事。

「孩子們在家，奧斯卡才剛回來，而且……」

「對了，他到底從哪裡回來？」巴瑞問，但平常他並不是個好奇旺盛的人——除了對車子，運動或「上好的」餐廳除外。「感覺上，每到周末，妳的時間都用來等那個小子，好奇怪……」

賽莉亞不想說謊，於是轉移話題。

「正好，你上去看看他們怎麼樣？」她提議，「畢竟你們不太常見面……我確定你們一定有很多事可以聊。這是個好機會，不是嗎？這段時間，我會把晚餐準備好。」

巴瑞的笑容瞬間消失，甚至表現得非常不願意去找那兩個他根本不感興趣的孩子——而同樣地，那兩個孩子對他的態度也不遑多讓。無論如何，他也不是瞎了，並非看不出他和那兩個小鬼之間臭氣不相投。至少，那個女孩的狀況比較單純：她簡直就像是跳過地球這個起點，從外星直達，而且還經常返回外星去，好處是可以不必跟她談話。因為，在那些時候，跟她談話還不如跟一張椅子或櫥櫃說話。相反的，那個兒子就棘手多了：看起來一點也不隨和。但是，好吧！既然賽莉亞堅持……而且，也不過就是一小段不愉快的時光。

奧斯卡氣呼呼地關上房門。假如是這樣，那這個星期一開始就毀了，但沒有哪個星期該被毀掉。

當他從布拉佛先生的車子下來時，一眼就認出斜停在家門口的那輛紅色跑車，立即知道接下來會遇到什麼事：一個粗魯大個兒杵在他家廚房或客廳中央。他轉身看傑利，沮喪絕望的眼神也不能改變任何事：司機只能對他比個加油的手勢，隨後，布拉佛先生的賓利大禮車就消失在街角。

他深深吸了一口氣，走進屋裡，與媽媽擁抱，朝巴瑞點點頭，以破世界紀錄的速度衝上樓梯。

他很不爽地把背包甩進房間，冒險探頭到走廊上：樓上寂靜無聲。於是，他繼續走到姊姊房間，房門是半開著的。

薇歐蕾坐在地上，頭髮散開，直到腰際，地上還擺了一把剪刀。她把頭髮全部集中到左肩，往前收攏，一面梳著髮尾，一面低聲說話，房裡播放著一張印度禪樂的CD。姊姊在說什麼，奧斯卡一個字也聽不懂。他墊起腳尖，彎起腰，悄悄走回房間，卻聽見樓梯有腳步聲。不，跟媽媽輕巧的步伐完全不同：鞋底重重地踩踏，令人聯想一頭被人推著走的大笨牛。總之，巴瑞上來了。

他關上房門，鎖了兩圈。他從來沒這麼做過；首先，因為他沒有什麼重要的東西要偷偷藏起來，再來，因為賽莉亞嚴正禁止他們：「如果你們發生什麼事，我要怎麼進去救你們？」他把耳朵貼在門上。不過，這個大白目到底怎麼會想到上樓來？他希望不是媽媽請他去她的衣櫥或櫃子裡找東西：光想到巴瑞在母親的臥室裡的畫面就讓他忍不住翻白眼。

「裡面有人嗎？」巴瑞在門的另一邊怪腔怪調地大嚷。

奧斯卡像隻被人潑水的貓一樣，向後彈跳一大步。絕不回應，更不會開門。

巴瑞粗魯地湊近聞嗅起來。

「吸，吸……那裡面聞起來有紅毛小子的味道，嗯哼哼哼？」

奧斯卡朝天翻了個大白眼，那個大白目卻在那頭為自己的笑話哈哈大笑——如果那也能叫笑話的話。

他聽見巴瑞走遠，大大鬆了一口氣。他走到門邊，有些狐疑：樓梯間鴉雀無聲。媽媽的朋友會到哪裡去了？

隔壁房間裡傳來騷動。他聽見姊姊的聲音，然後又一陣大笑。接著是一聲尖叫。

他像一顆加農砲似地衝出自己房間，跑進薇歐蕾的房間。巴瑞的手裡拿著一把剪刀，另一手拿著一撮紅色毛髮。

「你對她做了什麼？」奧斯卡怒吼，擋在兩人中間：「她為什麼尖叫？」

「只是開個小玩笑。」巴瑞嘻皮笑臉地說。「她似乎看著自己的頭髮發呆，所以我就剪了她兩公分瀏海。她總不會因為這樣就大驚小怪吧？！」

薇歐蕾躲在弟弟懷中，飽受驚嚇。奧斯卡轉身對巴瑞，氣得發狂。

「開個玩笑？沒水準的神經病！要開玩笑，起碼也要有點幽默感！」

嗯嗯先生的笑臉垮了下來。

「喂，乳臭未乾的小子，你自以為是什麼東西？」巴瑞火冒三丈，丟下那撮頭髮和剪刀，一把抓住奧斯卡的雙臂，死命搖晃。「你們這兩個髒兮兮的小鬼到底是誰弄出來的？那女孩跟頭髮說話，而你，你竟敢侮辱我？」

奧斯卡再也忍不住怒氣，像著了魔似的發起狠來，對巴瑞身上到處拳打腳踢。那傢伙揪住他的頭髮，把他拉離地面，往牆壁扔。

「住手！**住手**！你瘋了！」

那一耳光宛如一聲爆炸，清脆的響聲在房間裡迴盪。賽莉亞揉著手掌，不能自己，對於剛才所做的事，一時間無法回神。巴瑞則用手摀住臉頰，不懂為什麼，眼睛瞪得像乒乓球那麼大。

「妳的女兒是瘋子。」最後，他嘟噥抱怨：「她對著她的頭髮喃喃自語，不知道在說什麼。

而他！」巴瑞伸出食指對著奧斯卡大罵：「他像個神經病似地撲到我身上！」

賽莉亞把兩個孩子摟在懷中，狠狠瞪著巴瑞。她的眼裡閃著怒火，臉頰也熱得發燙。

「我的女兒令人讚嘆，我的兒子勇氣可嘉，對，就是這樣而已。這是你第一次也是最後一次用手指對著我的孩子們，你聽懂了嗎？巴瑞．赫希萊？」

「可是……」

「現在，你給我戴上那頂長不大的青少年棒球帽，坐上那輛又吵又俗氣的車，離開我家，永遠不要再踏進這裡一步，永遠！」

她全身緊繃，把這個傢伙碎屍萬段也在所不惜：在成為一個情人之前，她更是一名母親；有人欺負她的孩子時，可以變身成一頭母獅。

巴瑞的手還撫在臉頰上，目光既驚恐又憤怒，輪流看著他們三人，不太曉得該怎麼辦。

「我說了，你走！」賽莉亞重複。

他深呼吸，搖頭，消失在走道盡頭。

賽莉亞等到屋子大門碰地一聲用力關上，才閉上眼睛，坐倒在薇歐蕾的床上。孩子們圍著她，一句話也沒說。她緊緊地摟住他們好一會兒，然後起身。

「媽媽，」奧斯卡鼓起勇氣：「我……」

「不，」她的聲音非常輕，幾乎聽不見，始終沒轉過身來。「我想獨自靜一靜。一下子就好。只是一下子。」

她卸下圍裙，任它掉落，走出房間。兩個孩子都垂下眼睛，呆立在亂七八糟的房間裡。

「他不會再回來了？」薇歐蕾問。

「不會。」奧斯卡回答。「我想不會。」

奇怪的是，他並未因此而歡喜：他望著媽媽落在地上，歪七扭八的圍裙。

薇歐蕾撿起火紅髮絲，抱歉地凝望。她在頭上翻尋，找到剩下來的那半截，試著想把斷髮接回去，終究還是放棄了。

「分離應該是件很痛苦的事。」她下了個結論，為那撮孤伶伶的頭髮悲傷。

奧斯卡朝母親的房間張望，房門緊閉。

「是啊，」他說，「應該是很痛苦。」

阿力斯特的毅力

隔天是星期一，返回學校上課真辛苦：奧斯卡還滿腦子都是峽谷，氣室，宮殿，競技場和怪獸。等待上課鐘響時——今天他竟然提早到校了，真是奇蹟——他先站在操場上稍微邊遠一點的地方。

不僅兩國世界中第一個國度的情景盤踞腦海，他更沒忘記阿爾逢思所揭露的——或者該說，沒揭露的一切；因為，老侯爵根本沒找到任何關於赫墨斯的新資訊，綠寶石板就更別提了。當時，他是不是應該對老先生表現得更率直坦白一些？他已不太知道該往哪條線索去挖掘，決定暫時先放下這方面的思索，以後再說：現在，所有學生都趕著進教室。

他走進教室。最後一排，摩斯在黨羽簇擁下，懶洋洋地坐在椅子上，套頭衫的帽子蓋在短平頭上，臉上的青春痘似乎發得更嚴重了。他故意無視奧斯卡，彷彿兩人各自在家度了個平靜的周末。

奧斯卡走到自己的位子坐下，就在傑瑞米旁邊。男孩顯得很激動。

「昨天你怎麼沒來我家？我們好想知道冒險的經過！快說！」

奧斯卡正想回應，卻發現有人用粗簽字筆直接在他桌上亂寫了一行字：

「『下一次，人家就不會因為可憐小矮人就把戰利品給他了……』這是什麼？什麼意思？！」

奧斯卡怒氣沖沖地轉頭。摩斯瞪著他，嘴角掛著冷笑，對自己的出擊成果很滿意。

「他會付出代價的！」奧斯卡低罵一聲，朝桌上扔了一本筆記簿，遮住字跡。「瓦倫緹娜說的對，我真是笨蛋，竟然在病毒要吃掉他之前出手救他！」

「什麼？！」傑瑞米大嚷：「你救了摩斯？你是想自殺還是怎樣？吼，還不能真的放你一個人耶！你馬上就變成爛好人──而且還有點小白痴。」

一聲尖銳的哨音在男孩耳邊響起，接著一根長棍打在他的桌上。傑瑞米和奧斯卡嚇了一大跳，連忙坐好。

「這還差不多！」一個頗為沙啞低沉的女性嗓音說。

阿特伍德女士剛走進教室──或至少，只要看到比坐著的學生高一點點的帽子，就知道她來了。

自然老師身材嬌小，跟她的脾氣卻不成正比：她生起氣來的時候，最好不要擋在她的路上，也不要站在她丟打得到的地方。她隨身攜帶一根比她的身高還長的長棍，類似一根大竹竿，而且要得非常靈巧。這根棍棒也用來指示黑板，鎮壓躁動的學生。當然，沒有真的打到，每次都僅差幾公釐，奇準無比；不過，這也足以讓最不安份的學生靜下來。所有人都乖乖閉嘴，尤其是奧斯卡。

「很好。」矮小的女士登上講台：「拿出生物課本，翻到第二十四頁。今天，我們要學習呼吸系統。這是非常有趣的一章，你們馬上就會知道。」

傑瑞米輕聲竊笑。

「我想，這對班上某些同學來說並沒有那麼有趣……」他悄聲說。「真搞不懂醫族為什麼還要上生物課？！」

彷彿有人拉了她一把似的，阿特伍德女士轉過身來，高舉長棍準備劈下。

「**是誰**？誰在說話？」

傑瑞米舉手。

「老師，是摩斯。不過他沒說話，只是肚子發出嘰哩咕嚕的鬼叫，那也不是他的錯。他的腸胃一直有問題……」

全班哄堂大笑。摩斯朝他射以兇狠憤怒的目光，說明了一切。他死也不讓任何人——尤其是一個像歐馬利小弟的侏儒——在眾人面前嘲笑他。

傑瑞米還落井下石。

「老師，或許我們不要研究肺部運作，改學消化系統好了？這樣就能知道他有什麼毛病了！」

「歐馬利，我們下課見。」摩斯咬牙切齒地回應。

「你找哪位歐馬利？」巴特從弟弟後面那排站起身，咄咄逼人。

「在我們家，誰跟我們其中一人說話，都會得到兩個人出面回應。」傑瑞米說，嘴角的弧形從一邊耳朵向上拉到另一邊耳朵。

「夠了！」阿特伍德女士斥喝。她讓班上吵了這麼久，已經是特別法外開恩。很少有老師會袒護摩斯；一般來說，大家連同他的父親一併看不起。相反地，大家都喜歡傑瑞米，而阿特伍德老師也必須強忍克制，才不至於笑出來。她很高興有個學生能占那個小霸王上風。為了維護原則，長棍在兩人頭上揮舞，偏向摩斯的次數稍微多一些。男孩把頭縮在套頭衫帽裡。一直到下課都沒有人敢在吭聲。

下課鐘一響，第一個站起身的是蒂拉。她走過好幾排長椅，來到奧斯卡的桌前，後面跟著影子和芭比。

「羅南跟我提到一項戰利品。」她似笑非笑地問：「你贏得了一項戰利品？奧斯卡？」

他深深吸了一口氣，收拾簿本用品，不理她說什麼。

「你？你也能去參加什麼競賽？」影子問。她穿著跟蒂拉同款的裙裝，為了模仿閨蜜，故意用諷刺的語氣說話。

「對啦！」傑瑞米代替回答，並壓住那女孩圓滾滾的鼻子，把她的頭推開。「一場非常特別的競賽：必須想盡辦法模仿好朋友，即使根本就不像也要學，特別是，絕對不能有任何個人風格！還好妳沒去參加，影子：要不然，戰利品一定會被妳贏走！」

艾蓮諾羞愧得要命，聳聳肩，退後躲在蒂拉的身影裡。

「我最愛競賽了！」蒂拉直直地注視奧斯卡。「我覺得很好玩……尤其是為了獲勝而不擇手段的時候。」

「我不需要為了搶贏而拼命或作弊。」奧斯卡回擊，這一次，他沒有迴避她的目光。「關於這一點，妳應該去跟摩斯聊才對。」

「當然。」她說，把玩一綹髮絲，一面彎身讀桌上的字句。想必她之前早就讀過了。「如果要贏得一項沒資格贏得的戰利品，是不需要拼命。」

他不理會女孩的反應，朝門口離開。她轉過身來。

「等一下！羅南甚至不願意告訴我們那是什麼競賽！」蒂拉又補上這句，而她的兩個閨蜜已經不明就理地笑了起來。

傑瑞米和巴特跟奧斯卡一起離開教室，不再理那三個女生。

「為什麼你不叫她滾開就算了？那個臭女生！」歐馬利家的弟弟問。「哼！我真想給她點顏色。但她會說，你連獨立保護自己的能力都沒有。」

「我不想跟任何人拼鬥，不想跟摩斯鬥，也不想跟她鬥。」

他並沒有百分之百說真話，自己也清楚：他有多麼不想跟蒂拉正面交鋒，但他愈是不跟她計較，就愈想讓摩斯嚐到前兩天那些卑鄙行為的報應。

「好，好，好啦！」傑瑞米讓步。「那就算了，下次有機會再說。她們這麼煩人，應該不會讓我等太久……你要不要跟我們一起去餐廳？」

奧斯卡搖頭，兩兄弟搶先替他回答：

「你媽又替你準備了全世界最好吃的三明治！」兩人齊聲喊，語氣中有一絲羨慕。

「好吧！」傑瑞米又說：「少了你，我們會端著餐盤在麗娜面前慘哭，讓他把蔬菜換成真正好吃的東西……」

巴特使勁往好友背上推了一把：

「我會把你那份薯條都吃光的，說到做到。」

「謝謝。」奧斯卡揉著肩頭回應：「真正的好朋友，就是這樣。」

為了避開督導的監視，等所有同學都離開，無比嘈雜地湧向餐廳後，他才走出校門。當然，沒有任何學生可以擅自離開校園；但屈服於禁令或請求許可，完全不是他的專長，尤其是今天。他需要透透氣，獨處一下，釐清現在的處境。

剛過巴比倫社區公園的入口，在他腦中，利弊得失似乎已非常明顯：偏偏，他的處境不怎麼輝煌順利，迫使他立即找一個隱密的避風港，不讓別人看見，也不會遇到熟人，動不動就抓著他聊幾句——或提醒他：他現在應該坐在長椅上，對著餐盤，跟幾百名學生一起用餐。

他沿著草坪，小心避開人多的小徑和被撞見的危險，直接朝湖畔走去。

對著從小看他長大的老板娘，他使出撒嬌的招數，她最後只好投降，答應免費借他一艘小船——外加紅利：保證不跟藥丸家的權威高層告密。

「說好了喔！」蜜蕾娜搖晃著食指，再次耳提面命：「不准脫掉救生衣，不能划到島後面。

我必須隨時監視得到你。要是有個萬一，我的飯碗就沒了。」

「一言為定。」奧斯卡回答，臉上掛著笑容，右手搭在心口上：「去去就回，不多囉嗦。」

她嘆了口氣。

「一個人划船……我真是瘋了。不過，我知道我可以信任你。」

趁蜜蕾娜還沒改變心意，他趕緊跳上船，盡速划槳，以免被發現，踏上了中央小島。他轉過身，對蜜蕾娜揮揮手。她從湖畔的監控室緊盯他的一舉一動。奧斯卡把船繫在一棵茂盛大樹的樹根上。

他鑽進灌木叢中，抬起枝葉，撥開雜草，直到發現他找尋的目標為止。他蹲下來，鑽進岩壁上的開口，在一個長滿青苔的小岩洞中站起身。兩年前，他和姊姊一起發現了這個地方，在這裡面感覺很舒服：這就是他想要的避風港，可以確保清靜不受打擾。

他直接坐在地上，背靠在冰涼的岩壁上，閉上眼睛。事實上，這兩個星期以來的總結很簡單。一切都從一個美麗的驚喜開始：他的醫族能力恢復，重返庫密德斯會，得以出發尋找他的第二項戰利品。然後，壞消息與破滅的假象接二連三而來。最令他驚愕的是，摩斯也表明了醫族身分，更糟的是，某種程度來說，弗雷徹．沃姆算是他的導師。幾趟旅程障礙重重，最後，無論他是否甘心，但他差點得不到第一份的戰利品就空手而回。摩斯或許是對的：難道人家不是特別寬容才給他的？不，國王親自在玻璃盒內吹氣，用行動證實了他的確有資格領取……

總之一切尚未定論，加上摩斯隨時準備找同伴的麻煩，尤其是這個名叫奧斯卡．藥丸的同伴，爭取第二份戰利品之路看來必定多采多姿，驚險萬分……

不過，其實，最讓他心神不寧並非這件事。他從來不乏勇氣。他知道自己會堅持到最後——因為，從一開始，他就這麼決定好了。這是為了他自己，也為了家人好友，更為了替父親雪恥。

他的父親：這就是最讓他傷心的事。因為，阿力斯特的話始終縈繞在他腦海中。他確定自己清清楚楚地聽到每一個字，並深信，在世界上某個地方，一定有某種東西能將父親起死回生，把爸爸還給他——或許只能短暫一會兒？沒關係，一分鐘他就心滿意足。看看爸爸。親眼看見他，親手摸摸他，親耳聽他說話。

有了綠寶石板就能如願。

奇怪的是，在他著手調查的過程中，受訪者要不就是什麼也不知道，要不就是避談這個話題，甚至還試圖說服他打消念頭……由此可見，他所循的途徑沒錯，阿力斯特並沒有說謊。而這位年輕長老之所以後來都不再跟他談起這件事，想必是記憶力出了問題。但奧斯卡的記憶力可沒問題，他記得每一個細節，確信在那一個時刻，真的聽見年輕長老來告訴他那些話。

「你還在想，不是嗎？」

奧斯卡點點頭，他多麼希望這個聲音能承認它一個星期前確實那麼說過，而非矢口否認，甚至，更積極些，刺激鼓勵他。

「你是對的。」那聲音宣稱。「石板的確存在，如果沒有人願意承認，那是因為它的力量強大得令人害怕。但其實，只要善加利用，就能得到最好的成果……」

「讓人起死回生。」奧斯卡很小聲地說。「那麼，赫墨斯．特里斯美吉圖斯真的製造出了那張石板？」

「沒錯。」

那聲音起了變化：最後那句話顯得強硬，冷酷——有點像他第一次提到綠寶石板的時候。他的肩頭被拍了一下，觸感也冰冷無比，把他嚇得跳了起來。

暗處裡，隱約看見一個瘦長的人影。他毫不費力就認出來。

「阿力斯特！」他驚呼，錯愕極了。「可是……您在這裡？真的在？」

長老就在他附近，坐在一顆經歲月磨得的光滑的石頭上，起身往前走進光線中。他又變得十分蒼白，表情僵硬，彷彿又經歷了一場車禍，失去了所有活力。他的笑容消失了，衣著邋遢到了極點。

「對，真的。」阿力斯特證實。「為什麼這麼問？你以為是鬼嗎？」

奧斯卡把他的話當成開玩笑，雖然他看起來很嚴肅。

「我剛好想到您……還有……您有一天跟我說的話……然後您就出現了。」

「我恐怕要讓你失望了：我是醫族，跟你一樣，但不是一個魔法師。在你這個年紀的時候，我經常到這裡來，只是這樣；而我到現在還很喜歡來。這是個巧合……或許不完全是。」

「不！」奧斯卡大喊：「我確定這絕不是巧合！我正在想綠寶石板的事。」他滿懷希望地說。

「而且你認為它存在。」

「我不知道。」他坦承。「我沒找到任何相關資訊，除了化學家赫墨斯・特里斯美吉斯圖斯以外。據說他能讓死人復活。不過那不是真的，就像把一般金屬變成黃金的把戲一樣……」

「而我呢，我是認真的：赫墨斯・特里斯美吉斯圖斯的確製造出綠寶石板。你想不想相信？」

「想。」醫族少年說。「我相信您，即使……」

「即使什麼？」

奧斯卡猶豫了一下，還是大膽說出口：

「即使，偶爾，您會忘記某些事情。」

阿力斯特暗暗發笑，隨即恢復嚴肅。

「你以為我……生病了？以為我瘋了？奧斯卡？」

「不不不！」男孩連忙否認。

「你知道，發瘋這種說法沒有任何意義，一切取決於你對『正常』的定義。」

「您的父親……」奧斯卡僅開了個頭，不知該如何說下去。

「我不相信他瘋了。或許他跟我一樣：不想被問東問西的時候，就假裝忘記。」

奧斯卡點點頭，沒多說什麼。他再度在潮溼的地面坐下，等阿力斯特繼續說。年輕長老似乎讀得到他的心思。

「總之，我並沒忘記我對你說過綠寶石板的事。」

奧斯卡好想跳起來摟住他的脖子，但長老的態度讓他打消了這個念頭，也不敢將已到嘴邊的連串問題問出口。

「但是為什麼只有您願意跟我說這件事呢？」

阿力斯特閃亮的雙眼盯著山洞裡幽暗的角落。

「很簡單。因為如果能找到那塊石板，運用它神奇的起死回生之力，醫族還有什麼用？這就是為什麼，沒有人，特別是大長老，不願意承認石板存在。而且，相反地，他們寧可勸退任何對它感興趣的人。但是，我知道，對沒有機會認識某些人的人們來說，石板能讓他們好過一點，就只是這樣……」

阿力斯特的話讓奧斯卡驚訝；但男孩也知道這位年輕長老是出了名的叛逆，從來不確實遵守規矩，與魏特斯夫人或莫倫·茱伯特完全不同：布拉佛先生的指示，她們兩位應該是會一字不差地照做不誤。就這一點而論，奧斯卡並沒有立場批評阿力斯特……

「從另一方面看，他們或許也有道理？」年輕長老換了個角度思考。「也許若是濫用了石板的力量，醫族團體就失去了存在的理由？」

「不！」奧斯卡高喊：「不是這樣！您說的沒錯！綠寶石板可能非常有用處，而且可以只用一次就好，然後就永遠不再碰它……」

「你覺得你做得到嗎？」阿力斯特問。

「做得到。」奧斯卡堅決地說。「我承諾，我一直是一個說到做到的人。」

阿力斯特嘆了口氣，彷彿突然累垮。

「好吧！」他終於回應。「我信任你。還有，我告訴過你：我們兩個的處境很相似，不過，你呢，你從來沒見過你父親；所以，如果找到了那塊石板，而且決定只用一次的話，那就讓你用吧！」

奧斯卡感激地望著他。

「您……您確定這樣不會太虧待您了嗎？」

「我已經說了：讓你優先。我也一樣，一直是個說到做到的人。」

奧斯卡高興得撲進年輕長老懷中；阿力斯特卻推開他，顯得很不自在。男孩自己也向後彈開一大步：長老的身體像石頭一樣冰冷。

「您還好嗎？」奧斯卡擔心地問：「或許，車禍之後，您休養得還不夠……」

「夠了，夠了，一切都好。」年輕長老不高興地回他。

他站起身，瞬間搖晃不穩，連忙扶靠著牆壁。

「我起來得有點太快了。」他主動表示，不讓奧斯卡有機會插嘴。

男孩注意觀察他，不怎麼放心。儘管如此，他也怕阿力斯特就這麼離開，不多講一些。誰知道呢？說不定下次見面的時候，長老又變回另一個狀態，把今天的談話內容忘得一乾二淨！他決定不就此罷休。

「您知道綠寶石板在哪裡嗎？」

阿力斯特遲疑了一會兒，然後下了決心。他放慢腳步，朝山洞更深的地方走。奧斯卡跟在他後面。他對男孩彎下腰，靠得很近，醫族少年幾乎可以感受到他呼吸的氣息。

「知道，也等於不知道。」他回答。「綠寶石板藏在某個地方……那個地方，剛好，就在二號小宇宙。兩國世界珍藏著它，但是實際的位置在哪裡？沒有人確切清楚，知道的人也不會說出來，永遠不會說。」

「那麼，要怎麼做才能找到它？」奧斯卡反應，失望透頂。

「不久後，你就要再出發去第二個國度。」阿力斯特提醒他。「我幾乎確定，綠寶石板就藏在那裡。如果的確是這樣的話，我會幫你找到。」

「但是……怎麼做呢？這一次，您會陪我們一起去嗎？」

「不會。」長老坦承。「不過，我會想辦法幫你，相信我。現在，我該走了。啊！」他彎腰準備走出洞穴時，又補上一句：「最後一件事……」

奧斯卡專注聽他說。

「說好了，這一切只有我們兩人能知道，對吧？」

「對！」奧斯卡急忙回答：「我們說好了！」

「不能告訴布拉佛先生，也不能告訴魏特斯夫人。否則，綠寶石板就泡湯了……而且，或許我們兩人都將無權再進入體內旅行。」

兩段影像

「沒空間再塞一罐可憐的優格了嗎？」賽莉亞揮舞著手中充當甜點的小杯罐。

兩個孩子搖頭拒絕，動作一致。

她站起身，收拾餐桌。奧斯卡盯著媽媽的：晚餐一開始，她就顯得很憂鬱，美麗迷人的紫色眼眸——得到遺傳的薇歐蕾（譯註：Violette，紫羅蘭）就是根據這項特徵取名——今晚也黯淡無光。第一次，賽莉亞連頭髮也沒梳，只用從女兒那裡借來的哈密瓜髮圈隨便綁一綁。她轉過頭來，撞見奧斯卡的目光，於是伸手到腦後，把馬尾綁好一點。奧斯卡不難想像母親遭受了什麼打擊。薇歐蕾則似乎完全不記得昨天那一幕，還哼著小曲，興高采烈地講些有的沒有的，跟平時一樣。

「進房間去寫功課，然後刷牙洗臉，帶一本書上床。」賽莉亞下令。

奧斯卡等待與母親獨處的機會。

「媽媽，我想跟妳說……」

賽莉亞轉過身來，凝神傾聽。她的兒子努力尋找適當的字眼，結果只能笨拙地一個字一個字地排列出來：

「妳知道，昨天，其實，在薇歐蕾的房間裡，跟嗯嗯先生……我是說，跟巴瑞……」

賽莉亞嘆了口氣，移開目光。

「聽著，奧斯卡，我想……我想，現在不是談這件事的時候。」

「我不該……我不該跟他說那些話。」奧斯卡求和，艱難讓步。

「奧斯卡，」他的母親以更強硬的語氣堅持：「對我來說，現在不是時候。我們晚點再談，明天好了。」

奧斯卡無言地點點頭。

「我欣賞你認錯的態度。」賽莉亞又簡潔地補上一句。「現在，請你上樓進房間。」

他正想出去，媽媽卻拉住他的袖子。

「為防萬一，我再把指令說一遍：帶一本書上床，而不是一件披風，一條鍊墜，一本醫族歷史或體內宇宙地理課本，或其他我不知道的同類型玩意兒。」

奧斯卡一時哭笑不得。

「下星期六，我們就要出發去第二個國度，而……」

「我才不管。」賽莉亞冷冷打斷他。「一個倒楣的非假日晚上不去想它，它也不會飛走或崩垮。勸你選一本自己喜歡的書，放鬆一下。」

奧斯卡換上睡衣，用力刷牙，魂不守舍——思緒都飄到了母親身上。難得一次，即使承認自己錯了，卻是他主動提起昨晚激烈的那一段。然而賽莉亞，卻選擇中止討論。奧斯卡儘管有罪惡感，也依然對嗯嗯先生懷恨在心，認為無論如何，賽莉亞這麼傷心都是他害的：畢竟，如果那傢伙聰明一點，別那麼粗魯，她也不需要因為他的不得體就把他攆出去。

他甩開那些不愉快的畫面，目前最要緊的是找回媽媽的笑容和樂觀活力。難道這需要透過另一個男人給她新的生活才能做到？要是她能滿足於他們這個小家庭就好了：他們三人，一起生活在這間屋子裡——就算它已經快變成廢墟了。薇歐蕾和他，他們兩個並不需要其他人！反正，不需要一個來取代父親的蠢蛋！那麼，她為什麼還要追求其他東西？媽媽有了姊姊和自己還不夠？他拒絕接受這種想法。

他感到疲倦，試著壓抑這些沒有結論的想法，轉念去想自從放學回來後就盤旋腦海揮之不去的，跟阿力斯特的密談，以及，綠寶石板。

幾件事之間的關聯立即浮現，宛如黑暗的房間中有人點亮了燈光：如果能拿到石板，所有問題就能迎刃而解！他能見到從未曾謀面的那人，丈夫回來後，賽莉亞就可以從當初戛然而止之處續緣，重新展開戀愛生活！不再需要嗯嗯先生，不再悲傷……看來，找到石板，對大家都有好處。

與阿力斯特密談到最後，始終沒觸碰到那個問題：如何找到珍貴的綠寶石板？

他下意識地轉頭看隨意掛在椅背上的醫族披風。他抖開披風，仔細拿衣架掛好，收進衣櫃裡，微笑起來：媽媽看到他這副謹慎模樣，一定會大吃一驚。通常，他的衣物總是散落在房間各處，彷彿有人在衣櫃裡放了顆炸彈似的……他伸手握住鍊墜，但願神奇的醫族字母能給他一點靈感。不過，魏特斯夫人經常對他說：「我們不玩魔術，奧斯卡。我們是醫族，擁有的神奇力量是為了幫助他人。」他鬆開金色字母，探入衣櫃深處，確認腰帶和戰利品都好好地擺在寶盒裡，然後闔上。他的頭掠過披風，碰到一項堅硬的物品。奧斯卡揉著腦袋，嘟噥嘀咕……突然如觸電般地站直身體。

他把披風從衣架拿下，焦躁地在大內袋裡翻找，興高采烈地拿出一本書。

他的魔法書！

怎麼沒早點想到呢？一年多來沒使用，他都已經忘記可以求助於魔法書別開生面的功能：回答所有主人提出的問題。然而，有一項條件：問題只能與主人本身有關。最後，還有一項數量上的限制：一天之內，最多兩個問題；而若是在侵入體內期間，則最多只能提問一次。奧斯卡急忙爬上他的架高床，回頭檢查：房門還是半敞開的，但他已沒有耐性再下床去把門關好。他坐進最角落，背靠著牆，找一個不容易被看到的位置，把魔法書放在被單上。

他輕輕撫摸綠天鵝絨書皮，在M字刺繡上流連了一會兒，該用的手勢和咒語自然在腦海中浮現。儀式的步驟不容變動，他欣喜地發現自己並未忘記，即使這麼多個月以來，在戰利品行事曆的強制規範下，魔法書怎麼樣也不肯開口。他打開書，翻到唯一的那頁空白，完完全全的空白。

奧斯卡毫不猶豫，低聲念出咒語：

魔法書

若你有記憶

回答莫遲疑

別讓我相信

無望的東西

紙頁微微顫動，奧斯卡知道這表示他可以繼續：魔法書一定願意回答他的問題，讓他稱心如意。他伸出左手——「這是知識之手，奧斯卡。」魏特斯夫人曾這麼教他，「而右手則是能力與行動之手。」——放在空白頁上，詢問他的魔法書：

「魔法書，我非找到綠寶石板不可。你能告訴我它在哪裡嗎？」

字跡顯現，以細鋼筆沾綠色墨水寫成：

「我只能回答跟你有關的問題，奧斯卡．藥丸。」

「但這個問題跟我有關！我要出發去尋找，你應該要幫我！」

字跡消失，頁面再度空白。奧斯卡屏息以待。過了漫長的幾秒鐘後，一個方框顯現，模糊的影像逐漸清晰。

奧斯卡俯身觀看，全神貫注，心跳不已。

他辨識出一些波紋，像是從空中俯瞰的水中漣漪。書中發出一個典型的聲響：那是風聲，猛烈的狂風陣陣吹拂。接下來，鏡頭看起來漸漸挪近，他認出一座海面或汪洋上的波浪。所有浪潮都從一個中心點出發，彷彿有人在一灘光滑無紋的巨大水塘中丟入一顆小石子。鏡頭拉遠，有那麼一瞬間，奧斯卡瞥見橫跨洶湧波潮之上，連結沙灘與埃俄羅斯王國的大吊橋。然後，他覺得攝影鏡頭直接朝波浪俯衝，潛入紅海深處，噴濺得整個沙灘都是。

現在，奧斯卡彷彿被海水包圍，四周幾乎一片死寂。在紅牛艇，普羅特因和幾千種奇奇怪怪的海底生物之中，有一團模糊的深色黑點。鏡頭似乎在那團不斷忽大忽小的黑影旁繞來繞去。

「這是什麼意思？」奧斯卡驚恐地低呼：「我必須去那裡才能找到石板？」

就在他說話的時候，影像消失了。奧斯卡緊緊抓起魔法書。

「不！等一下！魔法書，我的魔法書，快回來！我還沒看清楚該去哪裡！我……」

他沒繼續說下去，因為，第二幅影像已出現在剛才的框框裡。這一次，奧斯卡毫不費力就認出眼前的地方：一個非常潔白的空間，幾張桌子，一小角黑色長裙，一個聽了就忘不了的聲音逐漸遠去。然後，一連串的玻璃門：門後面，穿著連身工作服的男女技師正在操作各項奇特的物品。帕洛瑪研究部門。攝影鏡頭似乎緩緩朝實驗室底端前進，往最後一個實驗屋移動。門敞開著，一個男人轉過身來，奧斯卡認出雨果的臉孔。在雨果身後，有一團鮮紅色的東西。畫面只持續了一下子：雨果連忙關上門，頁面上的影像消失。

奧斯卡闔上書，背靠上牆壁，閉上眼睛。這就是魔法書針對他的問題所給的答案。這個答案，一如以往，總是那麼神祕，他必須抽離那個情境，多花點時間，才能明瞭其中的含意。不過，今天的解答似乎頗為明顯——至少，就某部分而言：若想將綠寶石板拿到手，他知道應該去哪裡找。但帕洛瑪部門那段影像較令他驚訝，他很難想像它與綠寶石板有什麼關聯。

「我也好想要一本能跟我說話的書。你在哪裡找到的？」

奧斯卡嚇了一大跳，急忙把魔法書塞到枕頭下。在他面前，姊姊攀在爬床梯上，等不及想聽到奧斯卡回答。

賽莉亞一直拜託兒子盡量別跟姊姊說醫族的事：薇歐蕾很遲鈍，容易被操控，很可能隨便就把珍貴的醫族祕密洩漏出去。很顯然，今晚，對於剛才看到的事，她一點都不驚訝。這也算是有個像她這樣古怪的姊姊的好處：再怎麼天馬行空的物品或事件，也絕對不會嚇到她；而且，反正，都沒有比她自己的發想來得驚人。

「你也可以幫我找一本嗎？」

「不，呃……那不是一本書，其實，那是……是我把隨身DVD放在一本書上。對，就是這樣，是我的……隨身DVD。」

女孩手肘撐在床墊上，露出困惑的表情。

「真奇怪，我真的以為你在跟它說話，而它還會回答你呢！你的隨身DVD會回應你是嗎？其實，」她笑容滿面地說：「我最喜歡會對話的東西了——一個問，一個答，你懂嗎？我經常跟一些東西說話，但它們很少回答我。」

她看起來真的很沮喪。

「懂。」奧斯卡說：「我很了解。如果我有找到這樣的東西，一定會拿給妳，好嗎？不過，可別告訴媽媽喔！這方面的事，她不會懂的。」

「我知道。」她乾脆地說，很高興能分享意見，互相信任。

她爬下梯子，正準備離開房間，突然改變心意。

「媽媽，她最近不太常笑。」她小小聲地提起：「真……真可惜。」

她猶豫了一會兒才又接著說：

「或許因為這一陣子，我們也不太懂她？」

「別擔心。」奧斯卡說，「我們會讓她快樂起來的。」

「怎麼做？什麼時候？」

他把手伸入枕頭下，撫摸綠天鵝絨：

「不久之後。」

枝葉間的密謀

「你想想，」瓦倫緹娜堆起哄人的笑臉：「如果你能複製一份，通往自由的大門等於從此敞開！我們真的很需要，勞勞，你怎麼能拒絕，不可以！」

「妳要我示範該如何拒絕嗎？只要說**不**！」

她朝天翻了個白眼，擋在好友面前。勞倫斯正面迎對，雙臂交叉，站在房間正中央，右手神經質地揉捏著一塊他製造出的奇怪黏土。

「聽我說，勞倫斯，」瓦倫緹娜做最後一次努力：「你自己也說過，你覺得在這裡有點綁手綁腳。」

「微妙的差別是：當你來騷擾我的時候，我覺得綁手綁腳。意思並不一樣。」

「我騷擾你？我可是個小天使耶！」

「那麼，這麼說吧！我並不想在天堂結束一生……」

「噢！你的名字取得還真對❶：怎麼這麼死板！好吧！對啦，我有時候是很難纏，但是那也是為了我們兩個人好啊！再說，一切非常簡單：我拿到了廚房通往花園那扇門的鑰匙，你發明了這塊超棒的黏土，剛好可以複製一把。哪有什麼問題？如果你覺得有問題，」她安慰他：「如果你覺得良心不安，我很願意幫你分憂：你去複製，我來保管。」

一陣撞玻璃的清脆響聲嚇了他們一跳。勞倫斯臉色發白，東張西望，驚慌失措，不太知道該拿那團黏土怎麼辦，情急之下塞進嘴裡。

「你在做什麼？！」瓦倫緹娜簡直嚇呆了，驚呼：「你瘋啦？！」

「偶把證物吞了。」他全力咀嚼，一面說：「醬子，就不會留下欺瞞背叛的把柄！」

「但是我們根本就沒背叛什麼！」女孩回嗆，並強迫勞倫斯張嘴，吐出那團珍貴的物質。「馬上把吐出來！你會中毒的！」

她全力拍打勞倫斯的背，男孩差一點跌倒。

「住手！」他大喊一聲，同時嘔出那團黏土；那玩意兒說有多苦就有多苦。「我又沒有真的吞進肚子！而且，它難吃到我根本不打算把它吞下去！」他整張臉恐怖地皺成一團。「謝了！我寧願被關進牢裡。」

玻璃窗後的聲響愈來愈急：有人頑固地持續敲打。

「關進牢裡……」瓦倫緹娜重複他的話，完全沒注意身後的雜響。「胡說八道！最慘的狀況頂多就是，布拉佛先生把你即刻遣返黑帕托利亞。」她故意刺激他。

他睜大眼睛。

「遣返？」他幾乎崩潰，把那團黏土當成瘟疫似地扔在書桌上。「但是，他為什麼要遣返

❶ 勞倫斯的小名「Law」，在英文中是「法律」的意思。

我？我又沒做什麼！我……」

這一次，他連哀聲嘆氣都嘆不完：玻璃窗幾乎快被敲破了。兩人把爭論擺在一邊，同時轉頭去看。他們毫不費力地認出擠扁在玻璃上的那張臉，急忙一起跑去開窗。

「奧斯卡！真是的……你爬到吉祖的樹梢做什麼？！」瓦倫緹娜又驚又喜地問。

醫族少年穩穩地站在最高的樹幹上，低聲回答：

「不需要讓人家知道我在這裡——還有，我想避開某人的監視，不知道你們懂不懂我的意思。」

「彭思不在。」勞倫斯把話說白。他總是有條不紊，知道每個人的作息計劃。「現在是下午五點，這個時候，他都會出去進行神祕的採買。你要不要進來？看你站這麼高我頭都暈了……」

「我覺得你們跟我一起來這裡比較好。」奧斯卡說。吉祖溫柔地伸出一枝粗幹，迎接兩名體內世界的孩子。

兩人一秒鐘也不猶豫：瓦倫緹娜直接跳上去，連踩踏在哪裡都不管，信任吉祖夠靈巧機伶。勞倫斯跟在她後面，動作謹慎得多。

大橡樹用茂盛的枝葉包覆孩子們，離開美麗的豪宅——和就在他們旁邊的豪宅三樓的窗戶：那裡是布拉佛先生的書房和私人寓所。等移到夠遠的地方，扎好根，才展開枝枒，讓奧斯卡和他的兩位好友重見天日。

這時，醫族少年將上次與阿力斯特的談話告訴好友們，又講述了魔法書所揭示的影像。

「我認出圍繞著雲霧之城的海洋底部。但是，為什麼我的魔法書接著顯示了帕洛瑪部門呢？綠寶石板會是在這兩個地方之一嗎？」

「你有沒有再問過它？」瓦倫緹娜問。「對我來說，這些書啊！你知道我是怎麼想的……它們經常鬼扯。」

聽到這樣大不敬的褻瀆，勞倫斯差點從樹上跌落。怎麼可以這樣批評他為了測試新的實驗而日夜苦讀的書籍呢？

「鬼扯的人是妳。」他反駁：「總之，放心吧！它們對妳的看法也一樣：你們這些人的話根本不可信。」

「昨天和今天我都有再問過它。」奧斯卡回答。

「結果咧？」

「答案還是一樣。昨天晚上我又試了最後一次，魔法書甚至開始不耐煩：我還落得粗體字寫的『我已經回答過了！』這樣一句話……」

「這麼說的話，」勞倫斯插話：「我覺得他的答案還蠻清楚的。」

瓦倫緹娜躺在樹枝上，目光遙望遠方的天空。

「跟我們解釋清楚吧！愛因斯坦。你知道，我們這些人，我們比較遲鈍……」

「好的。」勞倫斯露出滿意的微笑。「我知道，那麼，我就跟你們慢慢解釋。」

「快點！要不然我就叫你把複製鑰匙用的美味黏土吞下去！」

勞倫斯思考了一下，理出頭緒。

「當初你為什麼會去帕洛瑪部門？奧斯卡？」

「我已經跟你們說過了：帕洛瑪給了我一個工具包，讓我在二號小宇宙旅行時，可以用裡面的武器來保護自己。」

「那麼，我的想法應該沒錯。」黑帕托利亞人說。「重點整理：我想，你只看懂了第一段影像。魔法書想告訴你，你所想要的東西，應該往第二個國度和幫浦國的海底尋找。至於在帕洛瑪部門，你找不到綠寶石板，但能找到非常有用的工具！」

奧斯卡對那些影像的記憶清晰起來：畫面都集中在最後一間玻璃實驗屋。那裡所製造的難道是帕洛瑪禁止他使用的那項武器？

「總而言之，」瓦倫緹娜結語：「綠寶石板的確在深海之中。不過，要去那裡之前，你必須先去彎去艾菲爾鐵塔一趟。」

「假如你判斷得沒錯，勞倫斯，那麼，我一定得比其他人先去第二個國度。如果跟著團隊走，我永遠沒機會去找那張石板。」

「尤其摩斯會一路跟著你……」女孩也這麼認為。

「獨自出發？」勞倫斯反問，著急起來。「太危險了！而且你對第二國度一點也不熟，誰也不認識，不能這麼做……」

「誰說要讓他一個人去？我也會去啊！」瓦倫緹娜嚷起來，覺得這個天賜良機真是太棒了！

「你不想去的話，就留在這裡好了。」

勞倫斯聳聳肩。

「別說傻話。你們需要我，我不會丟下你們，我沒那麼狠心。」

「當然啦！我們的人肉圖書館……說出來吧！其實你想跟我們去想得要命！」

男孩微笑。

「是有一點啦。而且，我們到底是不是你的好朋友，奧斯卡？去年，我們遇過更慘的事，不是嗎？」

「好極了！敲定！我們跟你一起出發。」瓦倫緹娜宣布，一邊把玩辮子。「不過還有件事。」她說，比較沒那麼信心滿滿：「你想帕洛瑪會把那樣神秘武器交給你嗎？上個星期六不是才拒絕過嗎？」

「我也覺得不可能。」奧斯卡坦承。「所以不能詢問她的同意就要弄到手……」

「什麼？不經她的同意？但是……」

「喔不！嘿！你不能每次都害我們冒不守時和不守規則的危險！」瓦倫緹娜氣呼呼地抗議。

「總而言之，我別無選擇。」醫族少年斬釘截鐵地說。「我必須得到它，因為我需要那張石板。」他意志堅決。

「那你打算怎麼做？」勞倫斯問。他慢慢開始習慣朋友們的無法無天，更何況，他也知道，反對他們一點用也沒有。

「我嗎？完全不知道。但我知道，從明天開始，有人會去想辦法——而且比誰都厲害……」奧斯卡回答，嘴角揚起一絲微笑。

就在這個時候，吉祖的枝葉突然蓋住他，而兩名好友所在的枝幹降低到地面。

「嘿！吉祖！你在做什麼？」瓦倫緹娜大喊：「我們還沒討論完！」

「它偶爾也會聽話做該做的事。」彭思守在橡樹下，回她這麼一句。「我能知道你們在這裡策劃什麼陰謀詭計嗎？」

兩個孩子互望一眼。

「是這樣的，」勞倫斯先開口：「這麼說吧……我們想出來透透氣，親愛的彭思。對，傍晚的時候，房間裡好悶熱，而透氣最好的方式，不就是站在樹梢上，像……像小鳥一樣嗎？」

瓦倫緹娜瞪了他一眼。

「像小鳥一樣？這是什麼說法啦？」她低聲嘀咕，但彭思卻瞇起眼睛，思量男孩這番充滿鄉野氣息的驚人論調。

「我也不知道，我又不知道該說什麼！妳有什麼更好的解釋？妳說？」勞倫斯一口氣把話說完。

彭斯嘆了口氣，把兩個孩子推往庫密德斯會所旁的小徑。

「那麼，我建議你們該回巢了。以後，很簡單，要知道從叫做『門』的那個出口出來，比較有規矩，也比較方便。」

彭思停下腳步一會兒，費了很大的勁，想辦法眺望大樹頂端。

「這個原則對所有人都一樣。」他出人意表地提高聲量宣布，瓦倫緹娜和勞倫斯聽得膽戰心驚。「請您先走，小姐。」他接著對瓦倫緹娜說。

她轉身看勞倫斯，男孩已經不知道該如何自處；她只得聳聳肩，邁步向前。

「您永遠都抓得到我，彭思。您知道嗎？」

「我的確是這麼打算。」老管家回答，嘴角微微向上，令人困惑：因為，他的臉上難得出現微笑。

拍片現場，安靜！

賓利大禮車緩緩減速，悄然無聲：彷彿引擎已經熄火，如滑過水面一般地駛過地面。車在檢查哨前停下。霧黑玻璃車窗搖下幾公分，伸出一隻戴手套的手，遞交通行證件。警衛露出欣喜的表情。

「我說傑利，從來沒見你一個星期來名建築區這麼多次！身體好嗎？」

「傑利製三明治，真材實料沒得比！」司機回應，聲音聽起來元氣十足。

警衛皺起眉頭，尷尬。

「呃……我從來沒嚐過，不過我信得過你！一切都好嗎？」他彎腰靠近，希望從車窗縫中看到點什麼。「你餓了嗎？身為廚娘的老公，你這樣也太誇張了！」

他哈哈大笑起來。司機僅對那傢伙揮揮手當作回應，隨即拉上車窗。警衛被他的反應嚇了一跳，猶豫了一下，然後拉起柵欄，讓大禮車駛入名建築區。

駕駛座上，埋在傑利的大外套裡，頭戴棒球帽的勞倫斯一身大汗。他本來琥珀色的皮膚變成蒼白淺黃，甚至還泛起一點綠。

「慢一點，」他用顫抖的聲音說：「慢一點！」

「抓緊方向盤，只要告訴我你看見什麼，別管我啦！這輛車我很熟，就像是我親手打造的一樣！」瓦倫緹娜在他腳邊悄聲說。她蹲在座位下方，兩手按在踏板上。「還有，三明治那招我服了你！你哪來的靈感？」

「我哪來的靈感？我哪來的靈感……妳還真好笑耶妳！」黑帕托利亞男孩緊張慌亂地把他的MP3和迷你小喇叭收入口袋。「我的機器裡就只有這句！妳以為我有多少閒功夫去錄傑利的聲音啊？」

「從出發開始你就抱怨個不停，真受不了……」

「我沒在抱怨，」勞倫斯糾正她：「我是怕得要死！」

「喔不！別這麼說，」她拍拍好友的膝蓋：「你以為自己害怕，其實只是有點緊張而已。」

「我幹嘛要緊張？在體外世界的人眼中，我們才十二、三歲，卻正在開一輛沒知會主人就『借用』的漂亮大禮車……我們真是瘋了才來這裡……」勞倫斯抱怨第N次，一面四處張望。他深信警察一定已經盯上他們，隨時都會冒出來。

「瘋了？一點也不。」瓦倫緹娜改正他的說法：「我們只是太傑出了。怎樣？點子很不錯吧？先複製廚房的鑰匙，再複製車庫的鑰匙……要感謝誰呀？」

「萬一被抓，我們會被即刻遣返體內，到時妳可以感謝妳那兩百二十三萬四千三百三十一個兄弟姊妹，假如他們願意幫妳找到工作的話……而萬一傑利需要用車咧？妳有替他想過一秒嗎？」

「布拉佛先生一整天都在紐約，傑利休假。」

「這是在作夢嗎？」勞倫斯用衣袖擦拭汗水：「我一定是正在作夢，這一切都不是真的，或許這是一個惡夢，我要想辦法醒來。」

「閉嘴，看路！你會害我們倒大楣的！現在，看到什麼了？」

「剛經過泰姬瑪哈陵……慢一點，我得看一下奧斯卡昨天給我們的地圖，確認路線。啊！找到了！在這裡！就快到了。」

他抬起頭看車內後照鏡。

「後座都還好嗎？」

三張臉孔，頗為平靜，只默默點頭。

他垂下眼睛，目光移向他的副駕駛。

「那麼，我們衝吧！」瓦倫緹娜興奮得發狂。

她壓下油門，車子往前一彈，直接彈到十字路口，在多倫多國家電視塔的完美複製建築前方停下，對面則是凡爾賽宮。接著，他們陸續經過巴黎聖母院，雪梨歌劇院，一小段中國的萬里長城，然後，在街角，他們看見了魏特斯姊妹所居住的鏤空金屬塔。

過了崗哨之後，改由瓦倫緹娜重掌方向盤，她把車停在雄偉的艾菲爾鐵塔前面，熄火，轉頭向後。

「到了。該你們上場了，朋友們！」

三名乘客下了車，臨時司機搖下車窗。

「現在是下午五點半。」她像諜報片裡的人物那樣，一本正經地提醒：「你們有半個小時的時間。因為再晚一點會碰上塞車，那就絕對沒辦法在七點之前趕回去。」

「我們會在半個小時以內回來。」三人之中最矮的那個說，充滿自信。

他朝鐵塔北端走，左右護法隨伺在側。幾步之後，他轉身回頭：

「待會見，小妞。」他用誇張的西西里口音喊道。

瓦倫緹娜微笑起來。

「我比你大耶……祝你們好運，待會見。別迷路囉！」

五十妹才剛把襯衫下襬在肚臍上方打結，奔向電梯——用踩著十五公分高跟鞋的方式奔跑——鈴聲又響了，而這一次，一直響個不停。她打開門，看到一幅奇特的畫面，而夢露和她的《Daddy》歌聲也一併響起：三個人對著她，站著不動，笑容滿面。

中間那個最小，是一個年輕男孩，頭戴一頂boralino經典圓帽，身裹一件風衣，腰間繫帶，宛如一九三〇年代的芝加哥警探。儘管叼著一根大雪茄，他的嘴巴仍動個不停，試圖講幾句話。他身旁一側是一名結實的壯小子，平頭，兩側剃光，腳穿籃球鞋，手插口袋，一派輕鬆；另一側則是一個瘦瘦高高的女孩，一頭紅髮盤成一個鬆鬆的髮髻，裹著一件比她的尺寸大三倍的仕女紗裙，幾乎看不見人；更別說腳上那雙鞋：她能站得穩真是奇蹟。三人個個像是卡通片裡跑出來的人物。

五十妹也對他們報以微笑，雖然中間那個孩子含糊嘟噥的話她一個字也沒聽懂。由於常需要不明究裡地露出笑容，所以施展最迷人的魅力，眨眼搧搧假睫毛，對她來說也不是難事。風衣少年把雪茄從嘴裡拿下來一會兒，以便把話講清楚。

「海報女郎小姐？」他終於能好好咬字。

「對，就是我！」妙齡女子回答，語氣彷彿聽人宣布樂透號碼，發現自己的彩券中獎了那樣。「我們認識嗎？」

那傢伙又把雪茄叼回嘴裡。

「切切滴縮，素偶十咩．花豹女娘？」

「抱歉，您說什麼？」

「他是要說：『確切地說，是五十妹．海報女郎？』」紅髮高瘦女孩翻譯。「真有趣，他竟然連您的名字都知道！」

她轉頭對身旁的男孩說：

「喂……你真的認識她？」

那傢伙盡可能低調地用手肘撞了她一下，決定放棄雪茄，拿下放進風衣口袋裡。

「她很完美。」他宣稱，並從頭到腳打量五十妹。「完美極了，她就是我們要的人選。」

隨伺在側的大個兒僅點頭贊同，紗裙女孩則熱烈鼓掌，顯然很開心。

「對，海報女郎小姐，您太完美了！您就是我們要的人選！」

五十妹坦率地笑出聲來，因為她愈來愈搞不懂到底發生了什麼事，還有他們要她做什麼。

「我？」她既驚喜又陶醉地問：「太棒了！但是……是為了什麼？」

中間那傢伙看起來是這古怪三人組的首領，搶先表態：

「我們必須談談，海報女郎小姐。來，」他說，順便彬彬有禮地輕輕推開她，走了進去，「我們找個地方坐坐。您這裡看起來挺不錯的。」

所有人都進入室內，五十妹立刻進入播放錄音帶似的解說模式：「很榮幸接待各位來到帕洛瑪．魏特斯小姐超超超超級不同凡響的豪宅……」

小組首領抬起手，打斷她的介紹，把她往電梯的方向推。

「對，對，當然，我們知道，謝謝。聽著，五十妹，我有一個天大的好消息要告訴您：現在，在您面前的是傑瑞米歐和巴托羅密歐．柯爾馬利歐內，美國電影界的活傳說。」

「西西里電影界。」紅髮女孩低聲糾正。腳本臨時更改讓她很困擾：這跟來時路上人家跟她說的不一樣。「我們不是說好『西西里』的嗎？」

「係啊！係啊！」男孩更正：「西西里電影界的活傳說……後來在美國的發展贏得不可思議的成功，當然。」他補充說明，一面瞪視身旁的女孩。「總之，五十妹，您的運氣非常非常好。」

「哇！……謝謝，真的謝謝您！」女郎誠心誠意地感激。

「您知道為什麼嗎？」少年試探性地問。

「不知道。」她坦承：「但您實在是位非常親切的好人。」

「不只親切而已：還奉送您一輩子難得的機會！」

五十妹受寵若驚，連連後退。

「一輩子的機會？我的天啊！」

「別慌張，您很快就會明白一切。」「製片」說，但他本人其實非常懷疑。「我們正在籌拍一部電影，剛好需要一位演員擔任女主角。猜猜看，他們向我們推薦了什麼人？」

女郎做出思尋答案的模樣，怎麼努力也想不出來。電影製片決定幫她一把。

「就是您呀！五十妹。」他宣布答案。「就是您。您知道這有多巧嗎？就在我們尋找女主角的時候，就聽見您的大名！」

他身邊的紅髮女孩擔心起來，偷偷靠向大個兒，悄聲詢問。

「真的有什麼人被搞丟了嗎？巴特？」

「沒有，薇歐蕾。」他溫柔地說明：「尋找女主角是因為還沒找到人選，不是把她搞丟了。車裡面，跟瓦倫緹娜和勞倫斯一起說的那些，我們現在還照著演。這是一場遊戲，但是什麼都不能說，懂嗎？」

「呼！我剛才好擔心。」驚嚇過度的助理小姐鬆了一口氣。「總之，」她提高聲量接著說：「五十妹小姐，我個人覺得您是扮演這個角色的完美人選。」

「哇！這真是太讚了！」妙齡女郎一再重複這句話，「您真的認為我可以演這部電影？」

「當然！」薇歐蕾看她喜上眉梢的模樣，也感到非常開心。「既然，傑瑞米……呃……傑瑞米歐都這麼說了！」

傑瑞米點頭附和。到目前為止，這項策略執行完美，而且，出乎所有人意料之外地，薇歐蕾這位巴比倫莊園最會散神的女孩，都還沒露出馬腳——或幾乎沒有。巴特堅持帶她一起來，她也表現得很好，不過傑瑞米還是不敢掉以輕心。現在該以最快的速度進行，以免她忽然出現一個奇怪的反應，害計畫露餡。

「您具備這個角色所需要的一切，不過，為了保險起見，我們還是該試幾個鏡頭。巴特……托托羅米歐，你把東西都帶來了吧？」

巴特從斜背的包包中拿出一架老舊的V8——從某個閣樓弄來的，正放在傑瑞米雜貨鋪展示出清——舉在頭頂上晃一晃。

「當然，電影會在一間超級新潮的攝影棚拍攝，但試片的時候，我們都隨身攜帶輕巧的工具。」傑瑞米對妙齡女郎解釋。她打量攝影機的眼神彷彿觀察一頭珍禽異獸。「最理想的地方，」傑瑞米進一步試探：「要非常白，非常空，您懂我的意思嗎？這裡有沒有這樣的空間？」

「當然有！」五十妹驚喜地喊出來。「我們可以去客廳，帕洛瑪不在。」

兩個男孩互換一個眼色，鬆了口氣：他們本來還擔心必須面對屋子的主人。她一定比這位親切和善的五十妹難搞多了……薇歐蕾卻顯得很失望。

「真可惜！」她說，「聽我弟弟說，她是個很有趣的人！」

「蛤？您的弟弟是誰？」五十妹好奇地問。

「一位愛慕者。」傑瑞米連忙搶著回答，並把薇歐蕾推到身後。「他看過魏特斯小姐的所有電影……」

「是嗎？」薇歐蕾驚訝地問出口：「可是……」

「我們剛才說到哪兒了？」男孩大喊，藉此蓋過同行女友的音量。「喔，對，客廳。不，這個提議不好，光線不要太亮，也不要太多家具。」

他走到五十妹面前，女郎踩著令人暈眩的高跟鞋，足足高出他兩個頭。

「您長得非常漂亮，五十妹，所以，需要非常純淨的佈景，才能襯托您的美。一個中性，白色牆面的地方，您懂我的意思嗎？」

「呃……電梯裡可以嗎？」妙齡女郎怯怯地問，不知所措。

傑瑞米翻了個大白眼。

「這麼說吧……一個可能像是……我不知道，呃，像是……一座……實驗……」

五十妹眨著她美麗的大眼睛，無法從那兩個字聯想出一個所在，把男孩急得在心裡咒罵。巴特也忍不住嘆氣，看五十妹可憐兮兮，毫無頭緒地瞎找，真想幫幫她。

「一座實驗室？」薇歐蕾笑嘻嘻地提議。

「嘿！這個點子太優了！」傑瑞米讚賞。「連我之前都沒想到。不過，我想這裡應該沒有實驗室，當然不會有。」

「當然有！」五十妹回答，彷彿突然得到啟示似的，兩手捧住臉頰。「有一座，在最底層！」

但她立刻又改口，顯得很煩惱：

「但是我不能帶你們去，禁止，禁止，嚴格禁止！未經帕洛瑪同意，任何人都不准進去。」

傑瑞米轉身對兩名同伴說：

「算了。」他垂頭喪氣地說：「我真失望——尤其為您感到失望，五十妹：只要一想到您在這部電影裡的樣子，這張漂亮的臉蛋印在海報上，全世界的人都看得到……」

他搖搖頭，做出遭受重大打擊的表情，這是他的拿手好戲。

「真是太可惜了……去那做實驗室，就兩分鐘而已。這是千載難逢的好機會，不覺得嗎？你們兩位？剛開始的時候那麼順利：五十妹幫我們開了門，實驗室就在樓下，然後，嘩啦啦！一切泡湯！因為我們連一小段試鏡都不能拍……唉！算了！」他最後嘆了口氣：「一場輝煌燦爛的明星生涯就這麼煙消雲散。來吧！我們走吧！把傢伙收好，巴托羅密歐……」

薇歐蕾的眼睛裡充滿淚水。

「噢，不！五十妹小姐，多可惜啊！」她衝動地喊，深深感到遺憾。「一場生涯煙消雲散……你確定嗎？傑瑞米？」

巴特輕推她往門口走。

「傑瑞米歐。」他悄聲對薇歐蕾說。

「抱歉。」她低聲回應。「我實在太難過了！雖然不是真的，但這個故事很美……簡直就像童話故事，但是，嘩啦啦！就像傑瑞米說的那樣。」

「傑瑞米歐。」男孩堅持。

「對，傑瑞米歐。」

那位傑瑞米歐把他們往門口推，斜眼偷看五十妹。可憐的女郎急忙攔住他們。

「等一下……您確定只要兩分鐘就好？」

「那還用說嗎？！」傑瑞米向她保證。「我們還有別的戲要拍，您知道，總不能一整晚都耗在這裡。」

「那麼，」為求安心，五十妹接著問：「可以盡量不引人注目嗎？」

「彷彿什麼事都沒發生。」傑瑞米冷酷地證實：「沒有人會知道任何事，保證。」

「那麼，快跟我來，從這裡走。」五十妹大喊，眼裡閃著晶亮的光芒。

她朝電梯奔去，傑瑞米對另外兩人眨眨眼，他們毫不遲疑地跟上。

門開之後，一間空盪盪的大廳。一個穿工作袍的女人正在一張桌前操忙，似乎只有她一個人在，帕洛瑪部門其他地方都沒人。五十妹出電梯，快步朝那位女性走去。

「日安，莉薇亞，我們可以在這裡試幾個鏡頭嗎？是為了拍一部電影，女主角是我，不會占用很多時間，帕洛瑪不會生氣的。」

女研究員轉過身來，驚愕地瞪著接待小姐。

「五十妹，妳在說什麼呀？！這些人又是誰？」

她警戒地打量三人小組。傑瑞米解開風衣，摘掉帽子，往前一步；而巴特和薇歐蕾則把五十妹拉到大廳盡頭，一扇距其他研究室有點遠的玻璃門附近。

「晚安，女士。」他說：「在下是傑瑞米歐．柯爾馬利歐內。我……我負責編輯巴比倫莊園學校的校刊，來針對帕洛瑪部門做一則報導。經過帕洛瑪．魏特斯女士的許可，當然。」

莉薇亞半信半疑，把一頭棕色長髮往後紮起。

「您確定有帕洛瑪的許可？再說一次您叫什麼名字？」

「當然！這是為了刊物……」

「貴校的校刊，」她說，「我有聽到。」

「問題兒童的刊物。」傑瑞米露出流浪犬的眼神：「受虐，孤獨，有時被棄養，或有點瘋瘋的。」他邊說邊轉頭看同伴。

莉薇亞望著拿著攝影機，有點笨手笨腳的高大少年，以及那個笑個不停，彈簧人一般的女孩。從他們那一身滑稽古怪的裝扮來看，她相信最後那項特徵所言不假：那所學校的人看起來是瘋瘋癲癲的。

「您打算在這裡做什麼？」

「沒什麼，替海報女郎小姐拍兩、三張照片，增添一點色彩。」

「這倒是，」莉薇亞同意：「如果想要鮮豔的色彩，照片裡有五十妹的嘴唇就夠了……好吧，您留在這裡等我。」她說著走開，並未完全解除戒心。

她大步越過大廳，打開一間辦公室的門，走了進去，拿起電話。

傑瑞米立即知道，從現在起，一秒鐘也不能浪費。

在薇歐蕾的鼓勵下，五十妹正在練習擺一些不可思議的姿勢；傑瑞米一把拉住她的手臂，把她壓在玻璃門上。「出電梯後往右轉，大廳盡頭最後一間研究室。」奧斯卡是這麼告訴他的，「你不可能搞錯。」

傑瑞米深吸一大口氣，一面監看大廳另一端。

「上工，巴特，上工！五十妹，微笑！鏡頭正在拍您！」

從替他們開門之後，五十妹的笑容就沒停過：所以，要她笑得更燦爛實在也夠困難的。不過，她非常認真地完成了任務，唇上的口紅也才重新塗描過。她擺出夢露的招牌姿勢，彎下上半身，雙手擺在膝蓋上，嘴嘟成心型；這時，玻璃門喀拉一響。傑瑞米這才鬆手：研究室的門開了。他強迫五十妹站起身，把她推進去；而巴特的眼睛貼在攝影機觀景窗上，薇歐蕾拿著手電筒打燈光，也一起跟著她鑽進實驗玻璃屋。他悄悄關上門。

傑瑞米把薇歐蕾的手電筒搶過來，檢查室內狀況。

一張桌子，桌上擺了一個圓底方盒，帶有綠色盒蓋，看起來跟奧斯卡所描述的相似度高得嚇人。

他既興奮又緊張，心狂跳不已：他們找對地方了！

「可是……這裡不會有點太暗了嗎？！」妙齡女郎問。

「不，不會，聚光燈打在您身上，這才完美！您才能成為焦點！」傑瑞米回答，並拿手電筒在女郎面前揮來揮去。

「噢！我什麼都看不見了！」她眼前一陣眩白，大聲嚷嚷。

「這是為了讓您先習慣閃光燈，您以後會去好萊塢！」

在弟弟手勢指揮之下，巴特偷偷接近桌子，朝那珍貴的盒子伸出手來。他放下攝影機，打開腰包，試圖把盒子塞進去。沒辦法：盒子比想像中大。五十妹踉踉蹌蹌地跌到桌邊，扶住桌子，以免摔倒。巴特連忙把盒子藏到背後，盡可能地塞到襯衫裡。為了這麼做，他不得不解開鈕扣，整個胸膛幾乎都袒露出來。

傑瑞米跑過去，抓住女郎的胳臂。

「您這是做什麼？」她問，「我們根本還沒開始耶！」

「我改變主意了。」他說，一面示意薇歐蕾和巴特過來幫忙。「還是出去拍好了，效果比較好。」

「可是……您剛說暗光才能讓我成為焦點？」

「白白的亮光也很適合您。」傑瑞米緊張兮兮地打開玻璃屋的門。「快，快，大家都出去。」

「我拿到武器了。」巴特在他耳邊說，「可以走了。」

傑瑞米把他們往外推，自己卻又立刻衝進去。

「你在幹嘛啦？」他哥哥低聲問：「快點，不然我們會被活逮。」

「**馬上給我**解釋這場鬧劇是在搞什麼！」一個女人的聲音在實驗室另一端響起。一位高大的棕髮女子，頭上精心梳理，身穿一件華麗的紅色絲緞低胸禮服，正站在電梯前面，雙手插在腰間。在她身邊，他們剛闖進來時遇見的那位女性，莉薇亞，揮著一個鑲有水晶座槽的鍊墜，當成武器對準他們。

「給你們一個忠告，不知道什麼刊物的小記者們，別亂動：從這項武器射出來的光線像刀鋒一樣銳利。」

五十妹剛才從眼前一片花白的狀況恢復視力，急忙朝帕洛瑪走去。

「魏特斯小姐，我有一個天大的好消息：我要變成女明星了！跟您一樣！」

「我也有一個消息，不一樣的。」帕洛瑪怒氣沖沖地回應：「妳可以馬上就開始新的職業生涯，因為我現在就開除妳！你們兩個是誰？在這裡做什麼？」

五十妹聽見這番話，轉身哭成淚人兒，把頭靠在巴特的肩膀上──男孩被藏在背上的神祕方盒弄得很不舒服。薇歐蕾走向前，完全忽視莉薇亞的威脅，也不在意實驗室主人正大發雷霆。

「噢！夫人！」她緊握住自己的雙手：「您真的好美！就像我母親看的那些電影裡的女主角，您知道，那位不穿鞋的貴婦……」

帕洛瑪低頭看自己的腳：正當她出門前試穿替N套衣服時，接到莉薇亞的電話，匆匆忙忙就跑出來，甚至連拖鞋都來不及穿。她把禮服裙擺往前拉，滿臉臉紅：她永遠永遠再也不要沒穿高跟鞋就出現在公開場合。她謙虛地向提醒她的人道謝。

「小女孩，」她反擊：「如果這讓妳想到愛娃，要知道，她本人遠不如大家所想的那麼漂亮……我啊，我親眼看過她素顏的樣子，所以千萬別來跟我唱反調。」她說，赤裸的腳指敲打著地板。「至於我，我可是純天然派！」

莉薇亞望著她，深感訝異。

「帕洛瑪，我想愛娃・嘉德納並沒有來我們的實驗室拍過戲……我們是不是應該多打聽一些這幾個孩子的事？」

傑瑞米本來小心躲在研究室裡，聽見這項指令後，一秒鐘也等不及了，連忙衝出來。

「是您！」他大聲呼喊，大膽地盯著帕洛瑪看。

「對，是我。那您，您是哪一位？」女士回應，被沒有被唬住。

傑瑞米轉身對薇歐蕾和巴特說：

「好了，成功了，你們高興了吧？你們見到她了，對不對？我們可以回家了吧？」

他卸下了心中一塊大石頭似地，發出一聲長長的嘆息，並不動聲色地拉著薇歐蕾往電梯走。

「他們是您的粉絲，魏特斯小姐。我們家裡幾乎到處都是您的照片，他們的房間就更別說了：簡直就是一款用您的臉孔印成的壁紙！所以，為了來這裡見您一面，我策畫了這一切。因為，要不然的話，他們永遠不會讓我們進來……」

他對她發射他最迷人的微笑，然後轉身面對另外兩個，狠狠瞪了他們一眼：

「他們見到您就被迷住了，怎麼都變成啞吧了？真是的！」

「噢！對，我們好崇拜您，夫人！」薇歐蕾乖乖念出台詞。「我不認識您，但是我已經非常非常崇拜您！」

傑瑞米閉上眼睛，快崩潰了。

「好了。」他說，「我想，我們打擾魏特斯小姐已經夠久了。」

五十妹的聲音迫使他轉過身來。

「但是……所以，不是為了我才來的？我……我不能變成電影明星了？」

「當然可以！」薇歐蕾激動大喊；她對五十妹感到非常抱歉。「既然傑瑞米都說了！而且，那是件很容易的事：如果您真的想當演員，就照我的方式做。在您的腦子裡，演您的電影，看您的電影。效果很棒！就像真的一樣！」她興高采烈地說。

可憐的五十妹，她不像奧斯卡的姊姊有那麼強大的想像力，擔心在自己腦中播演的電影不保證能享譽全世界——擔心得的確有道理——別無選擇，只能放聲大哭。這一次，她乾脆撲進了巴特的懷裡。但是男孩只顧護住那個珍貴的方盒，沒手幫她。五十妹覺得沒有人也沒有任何東西撐住她，於是停止啜泣，死命抓住他沒扣好的襯衫，結果反而把它脫了下來，自己則悽慘地摔落在地，跌個四腳朝天。傑瑞米衝過去救援哥哥，接手拿到盒子，若無其事地塞進風衣裡。而巴特頓時落得裸著上半身杵在實驗室中央。他尷尬極了，把手插進牛仔褲口袋，輕輕咬了一下嘴唇。

帕洛瑪這裡卻把一切都拋諸腦後。這個肌肉結實的半裸男孩——巴特發育得比同齡孩子成熟，看起來像有十八歲——讓她有了回春的感覺，使她的演技再度得以發揮。她走向大廳中央，又擺出她最愛的蛇蠍美人的姿勢：坐在桌邊，頭向後仰，用熱情如火的目光朝巴特拋媚眼。可憐的巴特已不知該把手腳往哪裡擺了。

「所以，就像這樣，您仰慕我是嗎？年輕人？」她用慵懶的語氣問。

「仰慕您？」傑瑞米搶著插話，一面跨過地上的五十妹，把薇歐蕾和巴特往出口推。「您這是在開玩笑吧？那是真愛，不，抱歉，是狂戀！跟您合照一張，不知您意下如何？」

莉薇亞可沒鬆弛戒備，而且也沒放下武器，立即擋在帕洛瑪和騙子三人組之間。

「在那之前，我可以先去把實驗室巡一遍。」她提議，「他們是從那裡出來的。」女研究員對老闆進一步說明。

「去吧，去吧！」帕洛瑪說，目光不離巴特：「我來監視他們。」

莉薇亞朝帕洛瑪部門的盡頭走，拍拍依然傷心沮喪的五十妹，打開門，走進幽暗的最後一間玻璃屋，不見人影。這下子，巴特臉色瞬間發白，傑瑞米卻面無表情，偷偷按下叫電梯的按鈕。他把哥哥往帕洛瑪身上推，她一把抓住巴特的胳臂，緊緊勾住。

莉薇亞始終沒迷失方向：她走進了最後一間研究室，拿出一支鋼筆，按了一下，就變成小手電筒。她很快地掃視房間，特別專注看桌上：手電筒的光線微弱，但已足以辨識出方盒：那項禁忌的祕密武器還擺在桌上。

她走出研究室。

「所有東西都在。」她從大廳另一頭對帕洛瑪說。

「太好了，親愛的，太好了！您可以走了，快，別拖拖拉拉的，您很清楚自己是顆大電燈泡！」帕洛瑪不耐煩地回應。「順便把這個慘兮兮的女人帶走，這樣一直賴在地上，衣服全都弄皺了！還有這些眼淚，噢！你們看看，這已經不再是張迷人的小臉蛋，都泛濫成一條睫毛膏河了！」

「而且河水終將乾涸，要是她再繼續哭下去的話。」薇歐蕾哀傷地惋惜。

帕洛瑪盯著她看了一會兒，隨後聳聳肩，重新專注地搔首弄姿，仰頭靠在巴特的肩膀上。

就在這個時候，電梯門開了。傑瑞米扛著攝影機，帶著薇歐蕾後退，按下「地面層」的按鈕。

巴特彷彿被電擊了一般整個人彈跳起來。

「嘿！等等我！」

「但是……你們這是在做什麼？」帕洛瑪尖叫，一下子失去了支撐，連忙把頭扶正。

她得到的唯一答案就是關起的電梯門。

往上三十一層樓的地方，三名孩子像火箭般衝出電梯。

傑瑞米打開入口大門，所有人開始狂奔。

「這一次，我們非走不可了。」勞倫斯下令：「我們不能滯留在這裡。必要的話，之後再坐計程車回來接他們。傑利就快回去了，而且……」

他的話說到一半就打住。

「而且什麼？」瓦倫緹娜心不在焉地玩著自動排檔的變速桿，一點也不著急。

「開車。」勞倫斯僅回應了這麼兩個字。他兩眼發直，不斷眨動。

她轉頭循著他的目光望去：在他們前方，三個青少年——其中一個還光著上身，手裡拿著襯衫——正以打破世界紀錄的速度奔來，同時像瘋子一樣揮動手臂。

「**開車！**」這一次，勞倫斯直接用喊的。

瓦倫緹娜才剛遵照命令操作，車門就打開了，三位死命奔跑的人鑽入車裡。大禮車向前一躍，呼嘯駛過柏油路。

嘉莉吹牛皮

大禮車默默來到名建築區的崗哨警衛前方，車內的人特別留意不開車窗，哪怕是一公分也不行。

車子發動五分多鐘以後，三個人才終於喘過氣來，能回答兩位司機的問題。

「對，對，一切順利。」傑瑞米直接下了個這樣的結論。巴特則把襯衫鈕釦扣好，這一回，他一路扣到領口。

「你覺得是這樣嗎？」巴特驚訝地問，「我們可能把武器掉在最裡面那間研究室了……」

傑瑞米露出微笑，打開風衣，得意洋洋地拿出一個奇怪的盒子：盒蓋包覆綠天鵝絨布，盒底是圓的……

「你是說這個嗎？」超愛說笑的男孩問。

「哇擦！你是怎麼辦到的？可是，穿工作袍的女孩不是進了實驗屋檢查，還說東西都在嗎？」

薇歐蕾從座椅下冒出頭，披頭散髮，滿臉通紅。

「呃，有沒有人看見我的蝸牛旅行盒？盒蓋是綠色的，盒底也是，這樣蝸牛們會以為自己在草地上。我下車去找帕洛瑪之前，明明把它留在這裡了呀……」

瓦倫緹娜和勞倫斯爆笑出來，巴特忍住沒出聲，傑瑞米則一臉無辜地望著窗外。

「怎麼了？發生了什麼事？」奧斯卡的姊姊吃了一驚，質問：「你們覺得我的蝸牛們不愛旅行？」

「正好相反。」傑瑞米澄清：「牠們甚至留下來露營了。」

不到半個小時，闖過三個紅燈，幾個急轉彎差點讓人以為布拉佛先生的賓利車，變成一級方程式賽車，之後所有人都平安抵達——並且有點反胃。

瓦倫緹娜放鬆油門踏板，緩緩沿著藍園大道往前開。離庫密德斯會約五十公尺處，她剎住車子，讓勞倫斯下車。

「可以通行的話，就揮手！」她對他說。「你怎麼了？臉色為什麼這麼蒼白……呃，淺黃白……」她按照黑帕托利亞男孩的實際膚色修正說法。

「沒什麼，沒什麼。」勞倫斯回答：「能活著下車，我實在太高興了，只是就像妳剛才說的，有點太緊張了。過一會兒之後就沒事了。我走了。」

他小心翼翼地接近雕花欄杆：大門緊閉，通道和迎賓梯上都沒人。當然，他們冒著極大的危險，彭思很可能埋伏在門後，等著瓦倫緹娜龜速駛向車庫，然後在致命時刻開門把他們抓個正著。不過，跟管家交手，隨時都有程度不一的危險——紅血球女孩倒是挺喜歡的。總而言之，通往宅院的路安靜無人，而當勞倫斯抬頭向上望時，也發現大部分的窗簾都是拉上的。這種狀況不會持續太久，現在再不還車回房就來不及了。

他大力揮動手臂。車子依照計畫，慢慢開到雕花鐵門前。當鑲在車頭上的M字正對欄杆上的M字時，門自動打開。

輪胎壓過碎石路，一陣吱嘎作響。對勞倫斯來說，這幾秒鐘簡直有如幾個小時一般漫長。賓利禮車繞過豪宅，駛進車庫。當車庫的門放下，他大大喘了一口氣。過了一會兒，朋友們都來與他會合。

「兩三下就解決。」瓦倫緹娜甩著車鑰匙，得意洋洋：「神不知鬼不覺。現在，你可以放心了。」她對勞倫斯說：「以後我們可以常常借用。」

「沒錯，當然。好了，現在只等奧斯卡來。妳還有什麼好點子？妳現在這麼神氣，或許可以進客廳請彭思倒幾杯果汁給我們喝？」

瓦倫緹娜把車鑰匙拋入空中，然後又穩又準地接住，沒有回答。薇歐蕾倒是興致勃勃地接受了這個提議。

「果汁？好啊！我不認識這位彭思，不過，他願意這麼做的話，人可真好。你渴不渴？巴特？」

不尋常的靜默引她好奇。她回過頭，美麗的紫色眼睛驚訝得睜得又大又圓。兩個男孩被樹枝抬起，緊貼在車庫外牆上，腳離地一公尺；一株大橡樹兇狠狠地朝他們彎下軀幹。

「我……我想我們跟這棵樹有點小誤會……」平時鮮少流露慌張的傑瑞米艱難地吐出這句

話。

瓦倫緹娜和勞倫斯急忙跑去營救。

「吉祖！他們是朋友！」女孩大喊：「把他們放下，拜託！」

吉祖猶豫了一會兒，終於順從。

兩個男孩整理了衣服後，又向後退了幾步，依然心有餘悸。

「哇咧……剛剛那是怎麼回事？」傑瑞米驚愕地問。

「小聲點。」勞倫斯建議：「你會惹毛他的。他的頭錘很快，小心……」

薇歐蕾卻神色自若地往前，伸出手，握住吉祖最低的枝枒。

「日安。」她說，彷彿這輩子經常跟會移動和思考的樹木打交道。「我叫薇歐蕾．藥丸，您呢？」

巴特謹慎地走過來，伸手扶住女友的胳臂，目光不離大橡樹。

「薇歐蕾？」他低聲探問。

「嗯？」

「妳……妳在跟一棵樹說話。」他悄聲耳語，小心不讓其他人聽見。

跟巴比倫莊園所有居民一樣，他也知道這女孩另類古怪，但他總注意不表現出來，以免讓她尷尬或受傷。她看了看他，訝異他大驚小怪。

「呃……我知道這是一棵樹，怎樣？為什麼對一棵樹就不能說話？」

「當然可以。」大個兒小心翼翼地回應：「妳說的有理。」

她再度轉身面對吉祖，橡樹的枝葉顯得親切近人多了。

「我覺得以前似乎曾經見過您。」薇歐蕾繼續對它說，態度非常淑女。「難道您有親戚住在我家花園？在巴比倫莊園的奇達爾街一帶。」

吉祖只輕輕顫動。

「啊……那就是有棵樹跟您很像。可是奧斯卡為什麼從來沒跟我提過您？」

聽見薇歐蕾弟弟的名字，橡樹整株彎下，用最低的枝枒輕撫少女的臉頰。她報以燦爛的笑容，整副牙套都露出來了。

「希望能再見到您。」她說。

「噢！你們大家，全都在這裡搞什麼啊？我在花園裡找你們找了十分鐘！」

五個大孩子一齊轉頭：奧斯卡站在他們後面，上氣不接下氣地。

「我還擔心了一陣子。」

「你哪會知道，我們也只是剛好在這兒。」傑瑞米回應；他今天經歷了各種情緒起伏。

「你們離屋子太近了。」奧斯卡把單車靠在牆邊，不敢掉以輕心。「布拉佛先生的窗戶也對著這一面！」

瓦倫緹娜搖搖頭。

「你真的以為會有人為了檢查誰在誰不在而特意守在哪兒嗎？」

「這裡不只住著布拉佛先生。」奧斯卡提醒她。

他抬頭看大橡樹；薇歐蕾還站在它前面，深深著迷。

「我想我們會需要吉祖。既然看起來你們已經互相認識了……」

他走到大樹前。

「吉祖，你能幫我們一個忙嗎？我們去藍園討論會比較好。」

吉祖把一根又粗壯又高大的樹枝降到地面。

「來吧！」奧斯卡命令其他人：「快爬上來！」

五個孩子在枝幹上坐好，醫族少年也爬上來。

「好了！」他告訴大樹。

「好極了，」勞倫斯說：「今天我什麼事都做了：複製鑰匙，偷開禮車，在車庫旁邊把風，而現在，盪起鞦韆……啊啊啊啊啊～！」

最後一個字尾消失在風中。吉祖沒有緩緩站直，反而把枝幹當成彈弓，六個孩子像尖叫不已的加農砲彈，飛過柵欄，越過大街上空，奇蹟般地墜落在一層厚厚的落葉軟墊上。

奧斯卡站起身。

「大家都在嗎？沒有摔傷吧？」

「那棵樹瘋了！」勞倫斯頭上戴了一圈樹葉冒出來，唧唧哼哼地呻吟：「所有人都瘋了！今天怎麼沒完沒了！」

其他四人從葉叢中出來，大家的手腳看起來都完好無缺。奧斯卡直起身子，用籃球鞋尖輕輕觸探……立即後退。

「呃……你們別太快起來……除非不怕高。」

他往下望：二十公尺深的下方，人們在公園小徑上散步。

「我剛發現一件事。」傑瑞米宣稱。

巴特即使從瀑布跳下都不怕，他也俯身探看：然而，這個高度連他也不敢放心。

「你發現了什麼事？」他問弟弟。

「原來只要在比我的身高高的地方，我就有懼高症！」

薇歐蕾撫摸周圍的樹葉。

「我倒覺得在這裡很好……跟腳踏實地不一樣，不是嗎？」

勞倫斯微笑起來。

「我還認識一個女孩，她簡直就像來自月球的人，真巧……」

「咦？」薇歐蕾大為驚訝：「是誰？她的運氣真好，我也好想去那裡旅行喔……」

「那現在我們要怎麼從這裡下去呢？」奧斯卡問，他比姊姊稍微踏實些。

繁茂的枝叢彷彿被施了魔法似地自動張開，奧斯卡、瓦倫緹娜和勞倫斯同時認出樹幹上閃閃發亮的標誌。

「醫族M字！」勞倫斯驚呼。「哇！竟然……」

「……是通行樹！」他的體內世界好友接下去說。「我還以為它已經不見了！」

通行樹用枝葉纏繞出一圈護欄保護這一小群孩子，然後降下高度，讓他們重回地面。樹枝護欄解開，大家都跳下來。

「我不懂，」勞倫斯錯愕地摸摸跟他的臉一樣圓滾滾的肚子：「我畢竟不像一顆球，對吧？為什麼吉祖要拿我當足球踢？」

「我說，這附近沒有一棵樹是正常的嗎？」驚奇連連，巴特大開眼界，不禁提問。

「你看到這些根本不算什麼。」瓦倫緹娜回應他。「在它的主幹裡，有一輛電梯，曾經可以連接一條祕密通道！」

「『曾經可以』？為什麼這麼說？現在不行了嗎？」歐馬利弟弟問，好奇心被強烈挑起。

女孩正想回答，卻被奧斯卡瞪了一眼，只好閉嘴。傑瑞米是好朋友沒錯，但是他超愛打聽，更愛八卦。最重要的是，他們兩兄弟並不是醫族。或許還是該謹慎一點才好。薇歐蕾也一樣，不屬於醫族，但至少她的父親和弟弟是，而且她既遲鈍又古怪，今天所看到的一切，很可能很快就忘光了——甚至更厲害：說不定她根本不覺得有任何事奇怪！奧斯卡轉移話題。

「所以，拜訪帕洛瑪家的事怎麼樣了？」

孩子們七嘴八舌地講得一團亂，所以，最後好友伸長手臂把珍貴的方盒遞給他時，他真是欣喜若狂。

「來自傑瑞米雜貨鋪的禮物！」傑瑞米洋洋得意地高喊。

「太讚了！你們真是天才！」奧斯卡一把抓過盒子，大力讚揚好友們。

「你姊姊的表現非常完美。」巴特紅著臉，特別指出。

傑瑞米詫異地看了他一眼。

「沒錯啊！」巴特說，「是她讓帕洛瑪開心起來的，不是嗎？」

做弟弟的聳聳肩，轉頭找奧斯卡。醫族少年極度謹慎地檢視著珍貴的小方盒。

「你表演給我們看看，這要怎麼玩？」他央求。

但奧斯卡反而不願意打開它。

「不可能：魔法書只表示，為了取得……我要尋找的東西，我可能會需要它。」

「說到這個，你一直沒告訴我們你到底在找什麼。」傑瑞米進一步追問；他今天的好奇心特別旺盛。

這一次，奧斯卡不必勞倫斯提醒，態度自動變得謹慎。

「我的戰利品。」他回答，沒有多加解釋細節。「我一定要得到。我已經浪費一年了，必須急起直追。」他堅定地說，並把方盒塞進書包。

他快速地瞄了手錶一眼。

「薇歐蕾，再過二十分鐘，媽媽恐怕不是要報警，而要改請軍隊出動了！我們得走了，再次感謝……」

附近的樹叢中傳出怪響，他跟傑瑞米同時回頭。他示意其他人安靜，拿出鍊墜，小心戒備地往前。有了去年在公園裡那次經驗，他不敢對任何可能的危險掉以輕心……

他把M字伸向濃密的灌木叢，射出一道綠光加熱最上層的樹葉。幾秒鐘後，光束深入樹叢，冒出一縷薄煙。

「小心，奧斯卡！」勞倫斯低聲提醒他：「你可能會引發大火！」

一聲尖叫讓醫族少年決定放手。灌木叢一陣晃動，一個矮小的女孩手摀著屁股，從裡面跑出來。很顯然地，鍊墜的光束正中紅心……

「嘉莉！」傑瑞米驚呼。「妳在這裡做什麼？妳跟蹤我們？」

「她是誰？」瓦倫緹娜問。

「摩斯的小妹，」巴特說明，光是提到那個名字，他就握緊拳頭。

「哈囉，嘉莉！」薇歐蕾驚喜地喊她。「妳也一樣嗎？是從一棵樹飛過來的？」

奧斯卡朝小間諜逼近，手裡仍緊握鍊墜。女孩不但沒後退，反而大膽從容地正面直視他。

「我跟蹤了你。」她說。

「為什麼？」

她聳聳肩。

「你是唯一不怕我哥的人，還有他，那個有點笨的大個兒。」

巴特彎下腰來，兇巴巴地：

「喂，小不點，妳在說誰？」

相較之下，他簡直像個巨人，陰影將她整個籠罩。話雖這麼說，要嚇倒她，這還不夠。

「就是說你！」嘉莉毫不退縮地回答。「你不比羅南令我害怕！沒有人讓我害怕！」

她幾乎是用吼的，感覺上，說到哥哥的名字時，她的內心深處似乎有某種怨氣沸騰，使她立刻暴躁起來。

「你為什麼要跟蹤我？」奧斯卡問，他可不打算就此放過她：「妳偷聽我們的談話？」

「全部！」女孩撒謊：「我全都聽到了！而且我要跟你們在一起，幫助你們！我可以告訴你們很多羅南的祕密，而且我很厲害！」

她雖然瘦小，但很有活力，這倒是真的。

「妳認為我們需要像妳這樣的小屁孩？」巴特嘲諷，報復她剛才針對他所做的形容。

「當然！有你在就不缺肌肉，而現在你們需要的是頭腦！」

巴特真想把她送到通行樹頂端，滅滅她的威風，不要整天想嘲笑一個大她四歲的十四歲少年；不過傑瑞米介入阻擋。

「這一點，我同意妳的說法，嘉莉。不過，頭腦的事已經解決了：一切有我！」

「聽著，」奧斯卡對她說：「謝謝妳好心想幫忙，不過，我相信我自己有辦法對付你哥。而且，妳還太小，不……」

「我已經不小了！」女孩怒吼：「別再用對嬰兒的語氣跟我說話！」

「人家不需要妳。」傑瑞米直言：「現在，回家去，別來煩我們，嘉莉。妳願意的話，可以來雜貨鋪吃糖果。」

「我才不要吃你的糖果！」

薇歐蕾試圖安慰她，她卻一把推開她。

「你們都跟我哥一樣！」嘉莉變本加厲：「他只要我服從，安靜閉嘴；他以為可以像爸爸對媽媽那樣對待我和姊姊，但我永遠不會像羅娜那樣任他擺布！決不！」

她轉身跑開。

「等等，嘉莉！」薇歐蕾大喊：「其實，微小是很棒的一件事！」

「好大的脾氣！」瓦倫緹娜說。「她幾歲啊！」

「十歲。」奧斯卡回答。

「未來不知道會怎樣！」勞倫斯擔心：「好險你沒答應讓她加入……」

奧斯卡沒回答，看著女孩小小的身影在樹叢間鑽動。消失之前，她轉過頭來。奧斯卡看見她滿臉是淚，瞬時懊悔自己剛才的態度。不過，很快地，他想起自己有更重要的事要辦：他拿到了武器，綠寶石板已唾手可得。這三天內，他將搶先其他人一步，獨自，偷偷地，前往雷歐尼體內，取得石板；接下來才有空去照顧可憐的十歲小女孩。

蒂拉來攪局

這星期的最後兩天過去了，奧斯卡根本沒時間去想嘉莉甚至她哥哥的事。時間愈近，他愈沉迷於設想迫在眉睫的旅行——而且這趟行程必然危機重重：他已決定僭越第一天就學到的規矩，也就是醫族成員絕不可未事先通知長老會就擅自進入體內旅行。然而，他別無選擇，一定得去找到綠寶石板。況且有瓦倫緹娜和勞倫斯再三堅持陪他一起去，這讓他放心許多。

他連續兩次像陣風似的跑去庫密德斯會討論計畫。有件事情很確定：這一次，他們不能再借用布拉佛先生的車，因為在獨自行動的幾個小時後，其他四位醫族少年少女要和阿力斯特在大長老家集合，然後搭乘傑利開的車前往雷歐尼的住所。

「你有沒有把祕密武器藏好？」勞倫斯不放心地問。「我總覺得會需要用到。聽了你在第一國度的經歷，以及遭遇到的怪獸，我對於第二國度不敢掉以輕心。何況如果怪獸已經被吸收成為病族的軍隊……」

「別擔心。」奧斯卡回應他：「帕洛瑪的武器都是最尖端的，無論是病族還是他們的細菌及病毒傭兵，都無法與那些武器抗衡。祕密武器妥妥地收在我的寶箱裡，跟戰利品放在一起。」

「好，我來負責後勤工作。」黑帕托利亞小子說。「公車時刻表，城裡的區域街道圖，彭思和布拉佛先生這個星期六的作息計畫。」

「至於我呢，我在廚房『借』了一些路上吃的零食……還有雪莉鐵罐裡的錢幣。」

「什麼？！」奧斯卡驚嚷：「這……妳偷了雪莉的錢！」

「哎喲，還好吧！只不過是一些金屬片嘛！鐵做的東西，她廚房裡到處多的是啊：罐頭啦、椅子啦……」

「那完全不一樣！錢是給他們用來支付商品的，我們不是已經講過了嗎？」勞倫斯提醒她：「跟在我們那裡不同，在這裡，不是發現什麼就能隨便拿。」

去年，奧斯卡的確已經跟他們解釋過金錢的價值。不過後來這兩個來自體內世界的孩子從來沒機會用錢，因為他們大部分的時間都在庫密德斯會裡度過，沒機會走出花園圍牆一步。

「罐子裡的錢幣被我拿走沒關係，」瓦倫緹娜死不認錯：「她只要去傑利或布拉佛先生的罐子再拿不就好了嗎？」

「不，不是這樣。」奧斯卡回應：「娜娜，妳一定得徹底弄懂錢要怎麼賺才行。在那之前，我會先跟媽媽拿錢坐公車，妳不需要拿雪莉的錢。」

「為什麼妳可以拿你媽媽的錢，我就不能拿雪莉的錢？」女孩完全搞不懂這些跑來跑去的錢幣到底是怎麼一回事了。

「因為……因為雪莉賺錢很辛苦！」醫族少年反駁。

「那妳媽媽，她賺錢就不辛苦喔？」

「當然辛苦，但我是他兒子，她賺錢有部分也是給我用的。」

「這樣，那好，太好了：雪莉說我就像她女兒一樣。」

「唉！算了。」

他們說好這個星期六一大早見面，一起搭車去雷歐尼老先生家。在那前一天，奧斯卡要假裝得了重感冒或嚴重傷風，為缺席正式冒險找個合理的藉口……

星期五那天，他實在沒辦法保持冷靜。在勞倫斯謹慎的建議之下，這件事，他一個字也沒跟兩位愛爾蘭好友提起。

「你是怎麼了？」傑瑞米悄聲問上課時在椅子上躁動個不停的奧斯卡。「待會兒老師又要說是我害的！」

企鵝先生正在黑板上講解數學算式，轉過身來。

「歐馬利，但願我講話不會太大聲？我可以等你講完再講……」

「不，不，老師您請繼續。反正，奧斯卡也不聽我的，我還是閉嘴好了……喔對了！對不起！」男孩連忙補上道歉。

全班哄堂大笑。企鵝老師雙手交叉在背後，朝他走來，彎腰對他說：

「你真好心。不過，打斷了你的談話，我有點過意不去，所以，放學後，請你留下來吧！你愛說多久就說多久，我聽你說。你一定有很多有趣的事要告訴我。」

「噢不！先生，拜託您！」傑瑞米哀求：「今天下午放學後我的雜貨鋪開門，我籌劃了一系列打折大拍賣！如果您願意也可以來，真的有很多好康可撿……」

「折扣要延遲開始：留校一小時。如果還要狡辯，就留兩小時。現在，別再讓我聽見一個字！」

奧斯卡小心克制自己，一句話也沒說。萬一企鵝先生連他也一起處罰，那他的計畫就要毀於一旦。當下課鈴聲響起，他給垂頭喪氣的好友打氣加油。巴特來找他們，傑瑞米交代哥哥店裡該注意的事項，直到他能趕回去為止。

「一想到我整個星期都在學校和社區發傳單！」傑瑞米哀聲嘆氣：「人潮一定多到瘋狂，而我竟然被困在這裡！你想你撐得住場子嗎？」

巴特點點頭，看不出喜怒哀樂。做弟弟的轉頭問奧斯卡：

「嘿！你不能幫他個忙嗎？就一個小時而已！」

奧斯卡正想溜走躲起來，不去參加雜貨鋪的大拍賣：從最小的孩子到最大的青少年，的確幾乎全巴比倫莊園的人都會去逛逛，他最怕這種場合了。

「我想我媽找我有事。」他找了個理由搪塞。

「不可能！」傑瑞米斷然吐槽：「她本人也打算要來！」

奧斯卡一時間找不到其他藉口避開大批人潮。

「好吧！」他說，「至少我可以先請薇歐蕾來幫巴特，然後我再去跟他們會合。這樣可以嗎？」

「可以！」巴特求之不得地說。

傑瑞米扮了個鬼臉，聳聳肩，表示讓步，決定還是先跟哥哥把拍賣細節講清楚。建議和指示如滾雪球般落在可憐的巴特身上，奧斯卡趁機脫逃。幾公尺外，蒂拉和她兩個朋友跟摩斯一群人站在一塊兒。她轉過頭來，被瀏海遮住半邊的臉蛋衝著他微微一笑，並確定摩斯看得一清二楚。無論是對他還是她，奧斯卡都不在意，即使並不喜歡看他們兩人在一起。他跨上單車，利用時間去給自己和朋友買公車票，然後回家準備行李。

回到家後，奧斯卡先確認家裡只有他一個人。賽莉亞還沒回來，薇歐蕾已經在巴特的護送下，直接去雜貨鋪幫忙了。

他啟動腳程高速檔衝上樓，進入房間，打開衣櫃，摺好披風，拿出魔法書和藏在櫃子最裡面的寶箱。箱子裡有他仔細珍藏的腰帶和戰利品：黑帕托利亞之瓶和鎖住了埃俄羅斯國王氣息的玻璃盒。他把所有東西放進一個運動袋，正要出去又改變主意，爬上床，拿了家庭小相本，塞進短褲口袋，衝下樓梯，直達大門口。

他繞到屋後，打開停放單車的工具室，把運動袋藏在充氣泳池後面——塑膠泳池已經消氣大半，裡面丟滿了水桶，鏟子，游泳圈和其他的童年遺物。在那個時期，賽莉亞每年帶孩子們去海邊度假。東西藏妥後，明天一早要離家去跟娜娜和勞勞碰面時，就不必大包小包地吵醒家人。賽莉亞知道奧斯卡有約，但如果他能避免跟她解釋為什麼需要這麼早出發，特別是為什麼要自己騎車出門，不等傑利來接他，現在辛苦一點沒什麼好抱怨的……

他仔細確認路徑暢通，關上工具室的門，鑽到柵門前，跑上奇達爾街，趕去幫忙巴特和薇歐蕾。

歐馬利家附近簡直像有暴動，又像是一群瘋狂粉絲在等待搖滾巨星上場。薇歐蕾和巴特艱難地在排隊的人群中擠出一條路：人人都想搶先買到便宜好貨。

巴特才剛把門打開，青少年們就如一陣龍捲風般直入歐馬利先生的車庫。感謝老天，在企業家兒子的請求下，夫婦兩人沒留在家裡。

「喔不！我進行大拍賣那天你們不能在家！你們會被當成別家父母親的間諜！」

傑瑞米說的沒錯，每位顧客都事先確認沒有任何大人能進雜貨鋪。好消息很快傳開：拍賣現場嚴格禁止可能有監護資格的成年人進入，就連大哥哥、大姊姊，以及其他潛在的家族權力份子，也都被勸退。

巴特被人潮淹沒，整個人手忙腳亂。他告知商品的位置，拆包裝，重新包裝，跑去拿存貨，最後還要結帳。幸運的是，奧斯卡曾經介紹兩兄弟認識的莎莉．邦克也來了。巴特立即請她站在雜貨鋪出口，檢查有沒有人夾帶什麼東西出場。她非常漂亮地勝任這項工作，像個保鑣一樣，站在崗位上，雙臂交叉抱胸，只一個手勢，就迫使所有離開雜貨鋪的人打開包包，讓她檢查裡面的東西。沒有人敢違背她的指令。

薇歐蕾很快就感到，在這個可比慶典遊樂園的場合裡，自己像個陌生人。處處有人高聲叫喊，為了搶奪商品而爭吵，笑鬧，推擠；她置身其中，只發呆做夢，想像自己上升到人群上方，飛向一朵雲，停在雲上，直到這亂七八糟的喧鬧消散為止。她很快就置身事外，從旁觀察這個熱鬧躁動的世界，對每個想跟她說話的人，和所有其他人，露出溫和的微笑。

她乖乖地坐在車庫角落的一堆紙箱上，靜止不動，宛如待賣的商品一般；這時，一個不斷呼喊的聲音將她從自我保護的泡泡拉出來。

「妳覺得無聊嗎？薇歐蕾？」

女孩抬起頭，認出蒂拉。蒂拉杵在她面前，笑容曖昧，介於友善與嘲諷之間。幸好薇歐蕾沉浸她的幻夢中，漫遊在自己的世界裡，因而得到了保護，甚至不知道有些人總在嘲笑她。也還好，那些人為數不多，因為，其實大部分的人都很喜歡她，雖然會笑她的特立獨行，但那是因為覺得她好玩，而非可笑。

薇歐蕾報以率直的微笑。

「不，我不覺得無聊，我只是回家去了。」

蒂拉以狐疑的目光瞪著她，不確定真的有聽懂。她身後的影子和芭比走上前來。

「她說什麼？」芭比問；她剛在雜貨鋪的「小玩意兒」展示架上看中兩支別緻的髮夾，正猶豫著該選哪一支。

「在我看來，妳不是跟我們一起都在這雜貨鋪裡嗎？」

「妳不知道自己在這裡，跟我們一起，在雜貨鋪裡？」影子咄咄逼人地又問一次。

「知道啊！」薇歐蕾回答，「但是我回到內在的家裡去了。」她指指腦袋，特地說明，彷彿在說一件顯而易見的事情。

影子笑了起來，又改變主意：她決定先等蒂拉的反應，不自己貿然動作。芭比聳聳肩，回去煩惱重大艱難的髮夾抉擇。蒂拉猶疑了一下，然後點了點頭，彷彿真的完全了解薇歐蕾想說什麼。

「當然。妳能從那裡出來一下嗎？」蒂拉望著薇歐蕾的腦袋問，又說：「回到這裡，到雜貨鋪裡來？我有個問題想問妳。」

「好的。」奧斯卡的姊姊說。

她向來隨時願意加入談話，讓人高興，即使到最後，她跟其他人的運轉方式差太多，使交談變得不是那麼順暢。蒂拉還是抓住機會。她轉身向影子使了個眼色，那女孩本來正在確認自己的粉紅球鞋和蒂拉的一樣，現在被支開。等影子走遠，蒂拉露出天使般的甜美表情，對薇歐蕾說：

「妳知道，我很喜歡妳弟弟，但是他非常神祕，從來不肯跟我說話⋯⋯」

「是嗎？對我，他什麼都說！」薇歐蕾率真地回應。

「難道是他害羞？」蒂拉一臉無辜地捲著一綹頭髮。「或許他覺得我很漂亮，所以不敢跟我說話。」

薇歐蕾乾脆地搖搖頭。

「不，不，我覺得不是這樣。他只是不知道妳究竟站在哪一邊。」薇歐蕾實話實說：「他認為妳屬於摩斯那一群……」

「我？噢……才不是呢！」蒂拉嚷了起來，彷彿她迷人的小心靈受到了最深沉的傷害：「首先，我不屬於任何一群。」她定下結論，語氣中有某種程度的驕傲。

「而且，他認為妳利用自己的外表，因為所有人都覺得妳很漂亮。他舉了個例子，娜歐蜜，那個高大的棕髮女孩，妳知道是誰吧？對，他覺得她跟妳一樣漂亮。」

蒂拉的臉色瞬間陰沉下來。從這個奇怪的女孩嘴裡套出話來真是輕而易舉，但她並不怎麼欣賞女孩的答案。

「她？跟我一樣漂亮？哼，妳可以告訴妳弟弟說……」

話說到一半，她臨時打住。與其跟薇歐蕾鬥嘴，還不如按照原來的打算，先好好利用她。要告訴那個奧斯卡，關於所謂漂亮的女孩，她對他的品味有什麼想法，也還不遲。

「對。」於是她最後還是認同：「她是蠻漂亮的。我……我同意他的看法。」這幾句話她費了很大的努力才說出口，差一點連口水都吞不下去，她悄悄地望了望四周，確定沒人聽見她承認這件事，然後繼續說：

「我相信，如果我能跟他相處久一點，他會對我另眼相看。比方說，我很願意……我很願意陪他去奪取戰利品。」

她屏住呼吸，等著掉入陷阱的薇歐蕾回答。

「啊！他跟妳說了？我想他星期六早上會再回去，不過很早，七點鐘，因為他和瓦倫緹娜和勞倫斯先祕密約好了！」

「瓦倫緹娜？」受到好奇心刺激，或許還有一點吃醋，蒂拉重複了這個名字。

「千萬別說出來喔！」女孩悄聲說：「媽媽不知道這件事。不過，總而言之，我們不能跟他去。」

「咦？為什麼？」

「因為這件事跟妳沒關係。」她們身邊，響起一個稚嫩卻嚴厲的聲音，介入回答。「妳問她這些問題做什麼？」

蒂拉大吃一驚。一個身材嬌小，但像公雞般趾高氣昂的女孩擋在她和薇歐蕾之間，睫毛眨都不眨地直瞪著她。蒂拉被當場活逮，嚇了一跳，但隨即恢復鎮靜。

「嘿，嘉莉，原來妳喜歡偷聽大人說話？我要去告訴妳哥。他會好好照顧妳的！」她兇殘地威脅。

「哇！妳都不知道，妳讓我好害怕喔！」十歲小女孩假裝發抖。「反正，我也會告訴奧斯卡，說妳對他很非常感興趣！」

蒂拉聳聳肩，轉身離開，懶得多說一個字。嘉莉跑過去抓住她。

「我也不會忘記告訴娜歐蜜，說妳覺得她跟妳一樣蠻漂亮的！」

「放開我，小白癡！」蒂拉大發雷霆。

嘉莉哈哈大笑，蒂拉煩躁地閃開，逃到雜貨鋪的另一端。

羅南．摩斯的妹妹轉身面對薇歐蕾，一臉為難的表情。

「薇歐蕾，妳沒注意到她在讓妳說更多資訊嗎？」

「有啊！」薇歐蕾笑嘻嘻地回答：「所以她問了我一堆問題……」

嘉莉翻了個白眼。

「我的意思是，她想要妳告訴她一些不該說出來的事！我幾乎全都聽見了。她提到戰利品，想要妳再多講一些……妳有對她解釋那是什麼嗎？」

「沒有，我以為她已經知道了。」

嘉莉靠近薇歐蕾，壓低聲量。

「她一定是想多知道一些關於醫族的事，妳懂嗎？而這件事不能說出去！那是絕對的機密！」

「可是……為什麼呢？她很客氣的問我啊！」

「不，我們之所以曉得，是因為我們的兄弟或父母是醫族。」小女孩耐著性子回答。「但是其他人不該知道，否則，醫族會有危險。」

「危險？什麼危險？他們可以進入人體內躲起來啊！」薇歐蕾忽然擔心起來。

「嘉莉，妳過來好嗎？我們該回去了，人家在等。」

另一個女孩，年紀稍微比她大一點，長得跟她很像，來到她們旁邊。蘿娜·摩斯，十二歲，但是跟妹妹相反，似乎一直在擔心怕事。她幾乎不抬頭看人，從來不敢跟任何人作對，總是垂著眼，望著地面，彷彿已看透一切，逆來順受。

「人家在等？『人家』是誰？」嘉莉問。「爸媽又不在家。」

「妳明明知道。」蘿娜只這麼回答。「好了，來吧！別再找麻煩了，要不然……」

「要不然怎樣？他會對我們做什麼？不過就是我們的哥哥而已！妳怕他的話，就先走吧！我才不管，我要留下來！」

蘿娜嘆了口氣，東張西望，深怕人家聽見她們說話。

「拜託，來吧！我們回去。」

嘉莉咬牙切齒，憤怒不已，終究讓步。她不想拋下蘿娜一個人去迎對摩斯。她轉身看薇歐蕾，離開之前，最後再訓示她一次：

「聽好，薇歐蕾，說好了，不管是誰，妳不可以再對任何人說醫族的事，好嗎？即使人家客客氣氣地問妳也不行。」

就在這個時候，她看見奧斯卡彷彿變魔術似地，突然站在她面前。男孩本來在人群中鑽來鑽去，尋找巴特或姊姊，結果就碰上正在交談的這三個女孩。

「妳又想做什麼，嘉莉？」他怒氣沖沖地質問。

「沒有！正好相反，我……」

「別把我當笨蛋！」

他遲疑了一下，確認沒有人在聽他們說話，壓低聲量繼續：

「我聽得一清二楚，妳提到了醫族！妳不要再進來攪局了，聽懂了嗎？」他用訓斥小小孩的語氣說：「我再說一次，這不關妳的事！假如妳不停手，我們大家都會有麻煩！」

嘉莉火冒三丈，氣得發狂。

「但我剛才就是在對她解釋這些！妳的姊姊這麼輕易上當，隨便跟人家說，我也沒辦法！而且，我受夠了！」她跺腳大吼：「你本來應該好好感謝我的，結果反而責怪我！你永遠別再跟我說話！永遠不要！」

奧斯卡看著她像兔子一樣頭也不回地跑掉，讓她的姊姊緊跟在後面，不禁搖搖頭：看來，這女孩還有頑固這項糟糕的性格。不過，他終究會讓她不敢再過問醫族的事。

他轉身找薇歐蕾，甚至沒打算問她嘉莉剛才想套出什麼話。她傻傻地笑著，彷彿在說：「抱歉，我不在家，請晚一點再來。」

他聽話地任她沉浸在白日夢裡，自己則跑去找巴特，朝他大力揮手。打算晚一點，等他有機會跟她說話，而她也願意回答時再回來。其實，就算在那之前，薇歐蕾忘了嘉莉問過她什麼問題，她又揭露了什麼，那也無所謂；重點是，她沒把醫族的事和奧斯卡的計畫告訴其他別的人就好……

間諜很早起

踏上樓梯的第一步，地板前所未見地大聲吱嘎作響。奧斯卡覺得整個社區的人都聽見了。他立定不動，心臟砰砰狂跳。母親的房間傳出一陣輕輕微震，顯示她動了一下，然後不再有任何動靜。賽莉亞很淺眠，所以，最好多花一點時間，盡量慢慢下樓，按規矩來，以免把姊姊和媽媽都給吵醒。他踏上樓梯最下面一階，踮起腳尖，穿過玄關，打開屋門。正準備關上門，卻踩到一個突起的東西，籃球鞋底喀啦一聲。他忘了：薇歐蕾把一些乒乓球剪成兩半，「萬一小鳥找不到殼給鳥蛋用怎麼辦」。而他頭頂正上方，從姊姊開啟的窗戶傳出一串長長的「噗噗嗤嗤吱吱喳喳嘰哩咕嚕」，接著，一聲酣熟的鼾聲，然後一片寂靜。他鬆了口氣：結果薇歐蕾還是待在夢裡，可能正在跟一朵花，一張長椅或一隻蜻蜓說話。

他繞過屋子，鑽進儲藏工具的小木屋，找到運動背包，完好如初地藏在原處。他把手插入口袋，指尖摸到公車票，以及從不離身的小相本。他取出單車，牽著走到柵欄門口，最後一次檢查屋子的窗戶：窗內透出熟睡的氣息。他朝手錶看了一眼：七點十分。今天是星期六，早上的街道空空蕩蕩。他有充裕的時間前往庫密德斯會。

他踩上踏板，飛快地騎上路。

他太專注家人是否熟睡，又太急著離家，竟沒注意到，在他身後，有另外一輛單車跟他一樣迅速出發，決心看他騎到哪裡，就跟蹤到哪裡。

七點三十分，他在距離庫密德斯會幾公尺的地方下了車，把單車靠在一支路燈上，悄悄沿著隔壁房子的樹籬走，然後彎下腰，來到欄杆門前。他仔細檢視花園和屋子周圍：一個人也沒有，完全安靜無聲，甚至聽不見微風吹動枝葉。他發現吉祖不在，吃了一驚。於是，他拿出鍊墜，貼在鎖頭的M字上。鐵門無聲無息地開啟。他躲進杜鵑花叢中，在花園裡走了幾步。

奧斯卡伸長耳朵，很快就聽見碎石路上傳來匆忙的腳步聲。一條艷紅的馬尾巴旋風似地掃到他面前，他伸手抓住跟在她後面的男孩。勞倫斯嚇得尖叫一聲。

「噓！」奧斯卡要他安靜：「你會吵醒彭思的！現在可不是時候……」

瓦倫緹娜折返，也躲進樹叢中。勞倫斯把手按在心上，閉起眼睛。

「你再像這樣嚇我一次，就不用怕我吵醒任何人了！我會死於心臟病！」

「你們怎麼沒照原訂計畫在外面等？」奧斯卡問。

「因為我們必須下樓，從廚房的門出來。」瓦倫緹娜低聲解釋，拿著珍貴的複製鑰匙晃啊晃。

「只要請吉祖幫忙帶你們從窗戶下來不就好了！」

「從房間的窗戶，我們是有看到它。」女孩又說。「它在花園盡頭，靠近我們不能接近的池塘邊……」

「……於是，你也知道，既然是被禁止的地方，她當然很想去。」勞倫斯笑著說。

「你們沒有試著叫它過來？」奧斯卡訝異。

「我們叫啦！可是一點辦法也沒有。」好友回答：「或許布拉佛先生交代它某種監視的任務，誰知道……」

「好吧。」奧斯卡看了看時間，斷然決定：「你們都準備好了嗎？我已經查好經過巴托比大道的公車時刻。站牌就在後面。這路公車會載你們到雪灣，也就是雷歐尼家：五分鐘內有一班車會來，所以，我們趕快走。其他人會在十一點左右到那裡，所以，我們可以領先他們三個小時。」

「希望這些時間足以讓我們拿到你念念不忘的綠寶石板。」勞倫斯不怎麼有把握地說。

「那麼，我們出發吧！」瓦倫緹娜喊道，「每一分鐘都不能浪費！」

好友三人跨出庫密德斯會的門檻後，雕花鐵門自動關上。他們快跑出發，完全沒想到，這麼一大早，間諜們也已經醒來了……

運氣很好，312路巴士剛好停在雷歐尼．史密斯漂亮的屋子前方。他們悄悄推開小柵門，小心翼翼地避開花壇，躲在草坪中央一棵垂柳濃密的枝條後面，再次擬定計畫。勞倫斯從口袋拿出一捆紙張，從上到下寫得密密麻麻。

「我查閱了許多書籍，尤其是一部醫族興起初期的攻城戰術論述。」他說，並專注地閱讀筆記。「我摘錄了二十八種方法，用來通過防禦堡壘的城牆，進入號稱不可侵犯的城邦。所以，讓我們先從第一種開始……」

「……我呢，」瓦倫緹娜揮著一隻小刀和髮夾建議：「我有第二十九種方法，想必比其他那些都有效。我只是想跟你說清楚：我們沒有要在這裡待十年，動作要快！我只需要一把鎖，一切就解決了！」

「你們這群混混！不准待在這裡！十秒鐘都不行！」

勞倫斯嚇了一大跳，往後一跌，把其他兩位好友也一併拉倒，跌坐在地，籠罩在一個巨大的陰影之下：一位肥胖的老先生，穿著吊帶褲，戴著領結，滿面紅光，眉頭緊皺。他雙手插腰，俯身湊近他們。從下面看上去，鷹勾鼻加上那對又深又亮的小眼睛，雷歐尼比正常高度更嚇人，就連瓦倫緹娜都乖乖閉上嘴。

奧斯卡回過神來，率先開口：

「日安，史密斯先生，我是奧斯卡．藥丸，您還記得我嗎？我已經……」

「管你是不是奧斯卡．藥丸，給我馬上站起來，你這個禍害，壓壞我的草皮了！」雷歐尼咆哮。

三個孩子一躍起身，急忙跑到已經整平的碎石路上。雷歐尼跟在他們後面，幾乎跟小徑一樣寬。勞倫斯低頭看自己的肚子：站在這位先生旁邊，他覺得自己像個紙片人。

奧斯卡認為最好別讓雷歐尼發火，於是立刻接著說：

「先生，您知道，我是一名醫族，而且……」

「我當然知道你是誰。」雷歐尼打斷他。「你跟小麥庫雷一樣，把我當成脾氣很差的糟老頭？現在，這兩個又是誰？」

奧斯卡把瓦倫緹娜和勞倫斯拉到前面來，替他們引見。

「這位是瓦倫緹娜……呃……」

「德．跨界網。」

「對，就是這個，」奧斯卡接著說：「瓦倫緹娜．德．跨界網。那是她的姓氏，嗯？瓦倫緹娜？」

女孩瞪大眼睛望著奧斯卡，默默點頭。

「從來沒聽過這種姓。」雷歐尼狐疑地說。

「日安，親愛的先生。」勞倫斯搶先自我介紹，並比畫了個上個世紀的行禮姿勢。「我叫勞倫斯．德．拉礦，受封子爵於……」

瓦倫緹娜忘記緊張，噗哧大笑。

「對，這樣就夠了！勞倫斯！史密斯先生會很喜歡你的姓氏。」奧斯卡插話。

瓦倫緹娜偷偷地附在黑帕托利亞好友的耳邊說：

「那我，我就是女大公爵了……你從哪裡學來這些的？又是九十度大鞠躬，又是花言巧語的？」

「我來自黑帕托利亞山的礦區，不是嗎？」男孩提示：「而當我看到他戴著領結，年紀一大把，就想說『子爵』這個稱號不錯。妳覺得不好嗎？」

「很好，很好。」瓦倫緹娜輕拍他的肩膀安慰他：「非常好，聽起來很響亮。」

勞倫斯對她微笑，表示感謝。

「他們也是醫族嗎？」雷歐尼極度懷疑：「我從來沒看過長得像這樣的……總之，這種顏色的，從來沒有。」

「這是宮裡最流行的色彩，親愛的史密斯先生。」勞倫斯反駁。自從他讀了阿爾逢思侯爵的《醫族史詩》，尤其是路易十四時代的凡爾賽宮章節之後，就十分有自信。

「這……他說的是什麼地方啊？」雷歐尼開始不耐煩了。

「是學校，當然。」奧斯卡隨機應變，立即回答。「對了，說到學校，我們今天不上課，所以想說，或許可以提早過來！」

「什麼？！」雷歐尼大發雷霆：「體內入侵耶！這麼隨便？一大早八點鐘就來？！你們瘋啦？！我才剛喝下一杯很濃的黑咖啡。」

「可是……」

「我還沒準備好，就是這樣。現在，你們先回去！我十點才接待你們，不能再早了！」

雷歐尼已經往回走，奧斯卡連忙跑去把他擋在屋前。

「史密斯先生，如果等到所有人十點鐘一起來，就會全部擠在您的第二國度裡，到時您又會咳個不停！所以，如果能分成兩組，您就不會有感覺了。」

「想都別想，不行就是不行！」這一次，雷歐尼咆哮，差點吵醒全社區的人。他正想關門，卻聽見奧斯卡大嚷起來，聲音幾乎比他還響亮。

「阿力斯特說得沒錯！」男孩怒喊。「您不過是個脾氣很差的糟老頭！而且，我還覺得您的心腸也很壞！」

雷歐尼立定在原地，宛如即將炸開的壓力鍋，怒氣驟升。奇怪的是，他不發一語，只瞇起眼睛，站在門口，沒有轉身。

勞倫斯和瓦倫緹娜感到暴風雨就要來襲，小心翼翼地往後退一步。勞倫斯試圖把好友也一起拉過來，以免遭「雷歐尼颶風」掃到；但奧斯卡怎麼拉也拉不動。

「您曾經嘲笑他父親，說他是瘋子；但我寧願最後瘋掉，也不要像您脾氣這麼壞。您往後必然繼續孤獨多年，因為大家都討厭您！」

這一次，雷歐尼轉過身來，雙手交叉在背後。他思考了一下，直視奧斯卡的眼睛，臉上掛著一絲詭異的微笑。那目光中射出怒火，但奧斯卡勇敢迎對。他已沒什麼可輸。

「原來如此，所以麥庫雷覺得我很討厭……」

奧斯卡搖頭。

「事實上……那是我自己的想法。」醫族少年坦承。

「你對你的監護長老很衷心，這是好事……不過，別試圖替麥庫雷那個大廢物說話！他很快就會知道我的厲害！」雷歐尼漲紅了臉，有如一顆熟透的番茄。

儘管年事已高，身材肥胖，他出手卻比閃電還快，一把抓住三個孩子的衣領，把他們推進屋裡，用力甩上門。

「馬上脫掉你們滿是泥巴的髒鞋！一群小髒鬼！」

三個孩子連忙照做，忐忑不安。奧斯卡清楚地感覺到，再一次，他沒控制住脾氣，恐怕已超過分寸。他不擔心自己，但暗暗懊惱把朋友們拖下水。如果雷歐尼去向布拉佛先生投訴，大長老會不會把他們遣返體內世界？瓦倫緹娜和勞倫斯跟他互換了個憂心的眼神。雷歐尼彎腰檢查他們的腳，並仔細地打量他們。

「總算有個地方不錯：你們的襪子很乾淨，而且沒有破洞。」

兩個孩子在心中感謝雪莉：這位廚娘廚藝不佳又愛碎碎念，對衛生方面卻有嚴重潔癖，一絲不苟。難得一次，注重清潔乾淨是有用的！

「跟我來。」老先生下令。他剛發了一場脾氣，仍滿頭大汗。「皮繃緊點，別碰到任何東西。」

他們乖乖聽話，走入雷歐尼有條不紊，鮮紅耀眼的客廳。奧斯卡重返舊地，發現此處依然一塵不染，就連狩獵戰利品的毛色也閃耀著光澤，栩栩如生。

「你們覺得他會不會是雪莉的爸爸？」瓦倫緹娜悄聲問。

男孩們狠狠瞪了她一眼，她不敢再多說。

雷歐尼重重地坐進沙發，打開裝著威士忌的酒瓶，倒滿一大個玻璃杯。

「情緒激動讓我口渴。」他說，「煩人的臭小孩和失禮的傢伙也是。」

醫族少年認為還是別回話的好：他衝動造成的後果已經夠多了。

「奧斯卡・藥丸，」雷歐尼又說：「你只不過是一個沒教養的孩子，你剛才狗膽對我說的話完全令人無法接受。」

這一次，奧斯卡垂下眼睛，囁嚅說了句抱歉。他最怕人家批評他沒教養，立刻就覺得這句話責備的是他的母親。

「不過，我喜歡男孩子勇敢果斷一點。而且，我不像某些人所想的那麼壞……好吧！我會讓你們去我的第二國度旅行。」

三個孩子的臉上頓時因燦爛的微笑而亮了起來。

「在我改變主意之前，動作快，你們這些五顏六色的小流氓！」雷歐尼在兩陣咳嗽間的空檔嘟噥嘮叨。

奧斯卡把背包扔在一張長沙發上，準備取出珍貴的用具。

「輕一點！」老先生尖聲哀嚎：「你會弄壞絨布椅套！還有，誰知道你這個背包拖過哪些髒地方……」

奧斯卡把背包拿起來，請勞倫斯捧住，然後打開，取出披風，並立刻綁在脖子上，功勳腰帶則自動纏在他的腰間。他確認魔法書好好地藏在披風絲綢襯裡下的暗袋中，兩項戰利品也牢牢地掛在皮囊內。他放下披風，遮住第六個囊袋：那上面有帕洛瑪部門的標誌，也固定在他的腰帶上。他極為謹慎地把從帕洛瑪實驗室偷來的禁忌武器也放在裡面。

他拿出鍊墜，展開披風，讓兩位好友躲進來，專注地瞄準雷歐尼心臟的位置，準備衝刺。

「奧斯卡・藥丸！」

奧斯卡吃了一驚，垂下胳臂，瓦倫緹娜和勞倫斯也從繡著金色M字的綠天鵝絨衣襬中探出頭來。

「史密斯先生？」

「你大錯特錯了，因為我的脾氣不差。」

「是的，先生。」

雷歐尼湊近三個孩子，露出兇狠的表情。

「事實上，我的脾氣不差，而是**非常**差。」他糾正他們：「所以，皮繃緊一點，別在我的體內吵架！」

奧斯卡微微一笑，再次伸長手臂。他隱約看見雷歐尼一本正經的臉上閃過一絲笑意，甚至眨了一下眼睛。

「待會兒見，史密斯先生。」奧斯卡衝出之前補上一句。

幾秒鐘後，閃光如火花一般消逝，雷歐尼閉上眼睛，陷入沙發中。

客廳窗戶外，花開茂密的灌木叢中，一個少女金色的雙眼卻睜得像彈珠那麼大，持續了好幾秒，彷彿親眼看見外星人降臨似的。這麼說起來，剛才那一切令人驚愕的程度也毫不遜色：以後，當她描述這些人只不過朝一個又老又醜的吝嗇鬼衝過去，然後什麼也沒做，就從一個房間裡消失；誰會相信？沒有人！

然而，漂亮陰險的蒂拉並不是在作夢：她的同班同學確實向前伸出一個奇怪的珠寶，狂奔，然後人間蒸發。

而這一幕，可算是她這輩子最棒的發現了。

她微笑起來，慶幸當初從那個瘋瘋癲癲的薇歐蕾．藥丸口中套出這則珍貴的訊息……

她沿著屋子鑽出花園，站起身，幾乎和他們一樣迅速地，一下子消失無蹤。

密特拉權杖

一陣狂風掃過，勞倫斯在一種堅硬的表面上翻滾。他艱難地爬起身，環顧四周。才看第一眼，他就急忙趴下。

「站起來！」一個熟悉的聲音喝令，「你在做什麼？」

「睡午覺。」他顫抖地回答瓦倫緹娜。「妳覺得，現在適合……」

他感到一隻手按住他的肩膀，讓他安心。他抬起頭：奧斯卡對他彎下腰。

「抱歉。」醫族少年道歉：「我本來以為會抵達第一國度的沙灘。」

「結果現在在哪裡？」黑帕托利亞男孩問。

「通往埃俄羅斯城的吊橋上。我好像有點沒瞄準……」

勞倫斯有懼高症，最後還是站了起來，緊緊抓住在巨大的橋柱間形成蜘蛛網的鋼索。一陣強風來回拂掃，橋身前後震盪，男孩暈眩想吐。他們東張西望，發現周圍舉目所及都是汪洋。橋的盡頭，僅見雄偉的雲霧之城浮在水面，埃俄羅斯宮殿聳立山巔；另一端則是海岸綿延，西風塔群，以及遠處奧斯卡和探險隊同伴們歷經千辛萬苦才穿越的峽谷。

「那現在我們到了這裡，該怎麼辦？」

奧斯卡左顧右盼：前往海灘或城邦一定都會比其他執行入侵術，抵達雷歐尼體內的隊友花費更多時間，那麼，他們這一組人馬等於失去領先優勢。然而，又該怎麼辦呢？這時忽然一陣巨響，宛如海上霧笛拉起警報。小組三人連忙趕往橋邊，就連勞倫斯也冒險探頭俯瞰：一艘大軍艦在他們驚愕的目光下駛過。

奧斯卡一秒也不遲疑，兩手各抓起披風一角，詢問好友們：

「準備好了沒？」

「好了！」瓦倫緹娜大聲表示。

「不，奧斯卡，別告訴我說……」

「快！勞倫斯！」奧斯卡大喊，一腳已經跨過吊橋護欄：「沒時間考慮了！」

勞倫斯嘆了口氣，朝天翻了個白眼，向所有珍視的一切哀哀祈求，然後模仿瓦倫緹娜，兩人一起鑽入披風下，緊緊抓住奧斯卡。

「走了！」奧斯卡大喊。

三個人同時往下跳——一齊尖叫，有人因為興奮，有人是因為驚嚇。

披風灌滿空氣，不可思議的三人組變成一串葡萄似地掛在滑翔翼下，飄浮在船艦上方上百公尺的高空，在陣陣狂風中擺盪。

正當他們接進軍艦時，一陣特別強勁的大風又把他們往上吹，他們旋轉飛開，齊聲驚叫。奧斯卡用盡全力抓緊披風，終於讓這隻奇特的布鳥再度起飛。

「奧斯卡！」勞倫斯狂吼：「披風右邊低一點，我們愈離愈遠，高度也不夠了！」

勞倫斯是一名優秀的數學家，科技與物理方面的知識比誰都強。他或許不是三人中最愛冒險的，卻必然是最好的副駕駛。奧斯卡立即遵照他的指示去做。他們成功轉向，在船頭上方滑翔了一會兒。

「朝他們俯衝，奧斯卡，衝下去！」勞倫斯下令：「等距離幾公尺時，再拉起來一點，然後輕輕降落在甲板上！」

三人低下頭，像一顆砲彈似地朝軍艦墜下。到了離船幾公尺的地方，風向又變了，將披風往另一個方向鼓脹，好友三人組往旁側彈開，落入鮮紅溫熱的海水中，濺起一大束水花。瓦倫緹娜第一個把頭伸出滿是泡沫的海面，兩個男孩也接著冒出來。

「有人落海！」甲板上傳來喊叫。

幾秒鐘後，救生圈拋下，齒輪裝置降下一艘小艇。奧斯卡游向一個救生圈，瓦倫緹娜抓住了第二個，但勞倫斯卻四肢亂揮，拼命掙扎，想盡辦法留在水面上。

「別這樣亂動！」一個男性的聲音用力對他大喊：「這樣會把力氣耗盡！躺下來，你會浮起來的！」

但勞倫斯慌張失措，根本聽不進去。

「我……我不會游泳！」

瓦倫緹娜和奧斯卡驚恐地互望一眼。醫族少年奮力對抗波浪逆游，游到好友旁邊，把救生圈給他。勞倫斯連忙抓住，口鼻中嗆出海水。就在這個時候，第三個救生圈也拋了下來，重重擊中奧斯卡的頭。男孩停止游動，沉入浪中。瓦倫緹娜驚聲尖叫。

「奧斯卡！」勞倫斯無力阻止，瘋狂吶喊。

黑帕托利亞男孩忘記恐懼與怕水的障礙，放開救生圈，試圖抓住奧斯卡的披風或胳臂，甚至頭髮也好。真是白費心機了：他連讓自己維持在水面上都沒辦法。瓦倫緹娜盡力朝他游去，兩人目光驚惶，只能眼睜睜地看著奧斯卡的軀體沉沒消失。

奧斯卡努力不讓自己暈過去。他的身體變得如鉛塊一樣重，四肢沒有反應，好友們的呼喚聽起來好遙遠，愈來愈小聲。他的頭消失在浪潮之下。

一切靜默。浪濤，人聲，皆逐漸消失在寂靜的大海中。他感到自己先是被海水包圍，然後才是披風。這時，他意識到自己停止了呼吸，於是想大口吸氣。然而，吸進的不是空氣；海水湧入他的喉嚨與肺。宛如遭到電擊似地，他睜開了眼睛，弄清楚了狀況，試圖不要驚慌，即使咳了幾下，把肺腔中僅剩的空氣也咳掉了。他從T恤下掏出鍊墜，字母開始發亮，朝水面射出一道綠光。他用左手解開披風，把自己裹住。他知道，這是他唯一的脫身機會。跟去年一樣，他在腦子裡念誦這幾句話：上升吧！我的披風，上升，你知道該怎麼做。救救我……披風將男孩捲起，留下從他口中冒出的最後一點氣泡。奧斯卡咕嚕咕嚕地把它們吸回去，披風也開始上升。還有幾公尺就到了，但他的肺腔宛如著火了似地，灼熱不已。眼前一片幽暗，一切漆黑寂靜，然後，他緊閉的眼皮上播放一幅幅影像，宛如快轉的電影。我快死了，就快跟爸爸團聚了。最後這一刻，他對自己這麼說。

就在這個時候，他像一顆氣球似地浮出水面，好幾隻手臂將他拉出海浪，把他平放在救生小艇中。他睜開眼睛，看見好友們失色走樣但鬆了一口氣的臉孔。瓦倫緹娜緊緊抱住他，一個字也說不出來——真難得！而勞倫斯則哽咽地說著話。

「抱歉，奧斯卡，我盡力了，但是……」

奧斯卡坐起身，把肺腔中所有的水咳吐出來後，才開口回答。

「你根本不該盡這份力的，很危險。」他說，不敢重提好友幾分鐘前坦承的事。不會游泳這件事，勞倫斯從來沒告訴過他們。然而，他卻毫不猶豫地，衝入大海上空，接著，為了拯救好友，甚至放開救生圈。瓦倫緹娜和奧斯卡互看了一眼：其實，真正勇敢的人不見得整天把勇氣掛在嘴上。

「總而言之，反應靈敏，年輕人。」

奧斯卡轉過頭去，認出蓋爾，埃俄羅斯王的護衛隊隊長。

「咦……您在這裡做什麼？」男孩錯愕地問。

蓋爾微笑。

「這個問題該由我來問你吧！你一大早八點半在雲霧之城的軍事監視船上方做什麼？好吧，等我們上了甲板後，你再回答。你們三位都該好好休息一下。」

「休息？」奧斯卡擔心起來：「可是我們沒時間了！」

「別再說了。」埃俄羅斯大隊長命令。

所有人都累得無力反駁，只好服從。

救生艇抵達軍艦附近，一條繩梯從船上拋下。

瓦倫緹娜率先攀爬，勞倫斯跟在他後面。蓋爾和另外兩位陪他前來的吞噬細胞水手還留在艇上。

「你有沒有力氣自己爬上去？還是要我幫你一把？」蓋爾問。

醫族少年轉頭望那洶湧的海面。小艇隨著浪濤起伏震盪，時時撞上軍艦的船殼。但是，絕不能示弱，否則，蓋爾絕不會讓他們離開。

「不，還好，我可以自己來。」

耗費了很大一番努力，他終於起身，伸手握住鍊墜。一陣熱流通過他的身體，振作他的精神。他垂眼看T恤：衣衫下透出一道不尋常的綠光，與大長老把自己的鍊墜跟他的做連結那天所發出的光芒一樣。奧斯卡露出笑容，抬起頭。

「加油，奧斯卡！」勞倫斯擔心地監看他攀爬，為他打氣。

醫族少年踏上第一格，爬上繩梯最下方。即使隊長用有力的手臂緊抓穩住，繩梯仍在空中搖晃飄盪。他輕鬆地又往上爬了兩格，就在準備第四格時，腳滑了一下，整個人向後仰，在千鈞一髮之際抓住上面那格的繩子，蓋爾也攔腰抱住他。披風被掀起一角，隊長剛好瞥見他腰上那個標記帕洛瑪部門的工具包。囊袋的蓋口微微敞開，從中滲出微亮的紅光。

「那是什麼？」蓋爾好奇地問。「我見過各式各樣的醫族武器，從來沒有一種會發出這種顏色的光……」

奧斯卡連忙往上爬，伸手按在囊袋上，很快地瞄了一眼：在他差一點跌落時，禁忌武器的蓋子挪開了。他迅速恢復原狀，蓋好囊袋。

「沒什麼，」他說，「是魏特斯夫人給我的一項道具。」

他以嶄新的活力爬完繩梯，跳上甲板，心跳得好快，希望蓋爾能盡快忘記剛才所看見的東西。兩名好友很高興看見他再度生龍活虎，沒想到要懷疑剛才是否發生什麼怪事。

蓋爾總算也來到他們身旁，後面跟著的兩名水兵負責將救生艇拉上軍艦。他帶孩子們到通往上層甲板的階梯，領他們進入一間寬闊的船艙。在那裡，他們見到了琪咪。她是蓋爾軍團的一員，其實也是他的女伴。

「日安，奧斯卡。」她面帶微笑地打招呼。「很高興再見到你，有想我們嗎？」

「現在，」蓋爾拿出果汁，一面問：「可以告訴我了吧？你們在這裡做什麼？」

瓦倫緹娜和勞倫斯有禮貌地婉拒飲料。

「說的也是。」埃俄羅斯隊長猛然想起：「你們是體內世界的人，不喝這種飲料……我們隨時準備了一瓶果汁，招待『外面』來的訪客。」

奧斯卡跟好友們一樣，並不想喝——他只渴望一件事：立即繼續冒險的旅程！蓋爾似乎能讀出他的心意。

「你們不是特地來看我們的，不是嗎？」

「不是。」奧斯卡坦承：「我們想去第二國度。」

「我以為阿力斯特應該會親自帶隊才對。」琪咪十分好奇，提醒他：「而且，還少了一些人，其實該說甚至少了五分之四的人，算是少了很多人喔！」

這對伴侶打量醫族少年的神色，尋找一絲線索。

奧斯卡盡可能地掩飾不安。絕不能洩漏這次造訪的祕密任務——而且也絕不能半途而廢。

「他把隊伍分成了兩組。」他從容地宣稱，「因為我們互相處不來。」

「結果你一個人出發？」少婦大為訝異：「好奇怪的分法：一邊一個，另一邊有四個。」

「請容我提醒您：奧斯卡並非獨自一個人。」勞倫斯仔細地擦拭眼鏡，刻意強調。

「娜娜和勞勞陪我一起來，經過布拉佛先生准許。」醫族少年補充。

他只不過多撒了個謊。琪咪和蓋爾互看了一眼；隊長站起身。

「好，如果你們必須去那裡，我們應該可以幫個忙。」

奧斯卡的眼睛亮起欣喜的光芒。事情終於顯露順利一點的徵兆。

「幫忙我們？怎麼幫呢？」

琪咪湊到瓦倫緹娜面前。

「這位小姐是大水網的一顆紅血球？如果我沒認錯的話？」

「對，不過我只是暫時路過這具軀體而已。」女孩特地說明，深怕會被以軍事手段強制帶回老家。「現在，我住在外面，經過布拉佛先生准許。」

「看樣子，布拉佛先生特准你們不少事啊。」

「沒錯。」瓦倫緹娜大喇喇地回答：「您無法想像的，其實我們彼此非常相愛。」

蓋爾被這個小女孩的厚臉皮逗樂了，微笑起來。

「我非常能夠想像，別生氣。好吧，既然妳是紅血球，應該懂得駕駛紅牛潛艇……」

「您真愛說笑！」瓦倫緹娜放聲大笑：「沒有人的駕駛技術比我好。我無人能敵，問他們就知道。」

「請相信她的話，拜託！」勞倫斯哀求：「我只求能避免實演示範，尤其如果還要我們作陪的話。」

琪咪搖搖頭。

「我想你們別無選擇。」

「我當然都懂！」瓦倫緹娜繫上安全帶，不耐煩地回應：「既然我會開紅牛艇，又怎麼會搞不懂這玩意兒？」她說，一面敲打陳列在控制板上的各種按鈕和指示燈。

在船艦陰暗的廊道上跑了十分鐘之後，他們來到一間安全艙，需要蓋爾把一隻眼睛貼在一個螢幕上才能進去。

「他在做什麼？」勞倫斯問；科技和書本一樣對他深具吸引力。

「這台機器正在辨識隊長的視網膜。」琪咪解釋。

他們進入一座寬敞的空間，一邊是指揮控制室，另一部份是一個滿是海水的大洞。

「那下面就是大海。」蓋爾證實。

「為什麼帶我們來這裡？」奧斯卡問，斤斤計較浪費掉的每一分鐘。

「因為如果你們想去幫浦國，就必須從深海過去：第二國度在海底，親愛的孩子，你難道忘了嗎？」

就在這個時候，在附近的電腦前操控軍艦的男人對蓋爾比了個手勢。一架潛望鏡冒出水面，接著出現一艘潛水艇灰暗的船殼。

「這是一輛海風神三號，一款迷你型潛艇，可以容納五個人。我們用它在邊境探險。埃俄羅斯國王和他的姊妹，幫浦國的密特拉女王，相處並非十分融洽，但外交關係已經恢復，你們應該會受到款待。」

艙門才剛開啟，瓦倫緹娜就急著坐進潛艇內，一面仔細聽蓋爾講解。

「很好。」隊長說，「現在輪到你們進去，找個位子坐好。」

奧斯卡和勞倫斯毫不拖拉，立即照做。

「你們知道路嗎？」

「什麼？！」瓦倫緹娜失望透頂地嚷了起來：「這輛機器上連GPS都沒有？」

「有比GPS更好的東西：兩個國度之間建立了雙方交通工具的辨識系統。因此，如果妳離開雲霧之城，前往幫浦國，一旦進入附近領域，妳的潛艇就會被辨認身分，定位，並導航到想去的地方，只要讓艦艇自動駕駛就行了。」

「太好了！男生們，你們準備好了嗎？」

她根本不等回應，蓋爾才剛起身，回到操控室的地面，她就關上艙門，潛入深海之中。

隨著潛艇深入幫浦國海底，奧斯卡逐漸發現他周圍的奇妙世界。儘管他曾從書上讀過，魏特斯夫人或其他長老會成員口中聽說，仍對這個世界一無所知。他們經過許多超級精密的交通工具，似乎無人駕駛，隨著浪潮自動前進；另外也輕輕掠過擺放在海底或漂浮在水中的建物，遇見其他建築和潛艇。

「嘿！那是一艘白血球戰艇！」瓦倫緹娜研判：「一定是某個地方遭到了感染攻擊，他們都以全速前進。」

就在這個時候，他們自己的潛艇突然熄火幾次，奧斯卡被迫回座位坐好，以免跌倒。

「發生了什麼事？」女孩疑惑，一面操控，「然而螢幕上沒有顯示任何故障呀？！」

「有，」勞倫斯回應：「看那個油表，它告訴妳，人家給了妳一台……沒有燃料的潛艇！」

「吼！這真是氣死人了！」瓦倫緹娜大為光火，「在我們那裡，歸還紅牛潛艇之前，大家都拚命加滿油。這些埃俄羅斯人，真是一點教養也沒有……」

「在那裡！」勞倫斯伸手指著駕駛座右邊，座艙的外面。

瓦倫緹娜呼了一口氣，放心了。

「太好了！」她說，「兩分鐘就好。」

「呃……妳要幹嘛？」奧斯卡問，一點也不懂好友們到底在說什麼。

「你沒看見嗎？在那邊？有一個補給站。」

奧斯卡瞇起眼睛，終於辨認出一個平台，像是……一座真的加油站一樣！瓦倫緹娜放慢速度，在最近的那根加油管前方停下。一個穿著潛水衣的人從監控室出來，用裝在頭盔裡的麥克風說話：

「加滿缸嗎？」

「是的，麻煩您。」瓦倫緹娜用自己的麥克風回應：「一般葡萄糖，謝謝！」

奧斯卡驚訝地看著這一幕。

「那妳要怎麼付錢？」醫族少年問好友。

「噢！你們那裡真是有病耶！什麼都離不開錢！在這裡，一切共享：只要有資源，大家都能用；沒有了的話，就沒有人用，就這樣！這不是最簡單的方式嗎？」

她露出燦爛的笑容感謝加油站員工，然後重新發動潛艇。奧斯卡看了手錶一眼：已經快九點了；只剩不到一個小時，阿力斯特和其他隊友就會抵達雷歐尼體內，並發現他們已經擅自先來到這裡。他慌張起來。

「快上路，娜娜：我們連第二國度的城門都還沒到。」

瓦倫緹娜遵照指示，不顧一切地加速：所有人都緊貼在座椅上，潛艇化身魚雷，在海底穿梭。幸好瓦倫緹娜並未誇大自己的駕駛技術：她的靈活無人能敵，在各種障礙和數不清的水中生物之間彎來鑽去。他們的潛艇混在幾千艘紅牛艇中，一起趕路。

「他們來這裡做什麼？」勞倫斯好奇地問。

「我想，他們是在埃俄羅斯國載滿了氧氣，經過這裡，再分送到五個小宇宙。」奧斯卡回答。

「但願我別遇到什麼遠房親戚。」瓦倫緹娜縮在座位上，擔心起來。

她在一個置物盒裡翻找，拿出一副墨鏡，連忙戴上。

「妳確定這樣有用？」奧斯卡問。

「謹慎一點不是壞事。」女孩表示。

幾分鐘後，奧斯卡和勞倫斯什麼都還沒注意到，她就轉過頭來宣布：

「歡迎來到幫浦國，朋友們！」

兩個男孩睜大眼睛，湊近玻璃窗。

他們面前展開一座巨大的暗紅色城牆，牆面上有許多條痕紋路。這座牆彷彿朝兩邊無盡延伸，中央有兩個開口，一下擴張一下關閉，輪流進行。

「這是王國的瓣膜。」奧斯卡記起之前曾上過的課，於是宣稱：「這兩扇門就叫這個名字。一扇門張開時，另一扇門就闔起。開闔是由潮水的方向來決定，而這方向不斷變化，跟氣息國的風向一樣。」

奧斯卡說的顯然十分有道理：所有往幫浦國聚集的東西都等右邊那扇門開啟後通過；而當這扇門關閉時，左邊的門打開，利用反向的潮水，讓離開王國的人出來。

當他們接近右閥門時，有一種奇怪的聲響蔓延開來，宛如海底的聲波，一直傳進他們的潛艇裡。

「這會是出了什麼事？」勞倫斯疑問，一面檢視儀表板。

「不是從我們的潛艇發出來的。」瓦倫緹娜說明：「我們愈往前，這個聲音就愈大。小心！」

她還來不及多說，就全力緊急剎車，潛艇直接衝向海底，最後落在底部。瓦倫緹娜摘掉墨鏡。

「妳這是在搞什麼啦？！」勞倫斯揉著腦袋喊起來。

「你看！」她只說了這麼一句，並抬頭看城牆。

三個孩子觀察著眼前詭異的一幕。事實上，瓣膜是一面巨大的閘門，門扉不斷開闔，每次動作的時候，就會發出恐怖的吱嘎摩擦聲。雷歐尼的閥門鏽得很厲害，到處侵蝕斷裂。木板和絞鏈上架了灰白色的大護板，但就算有許多鎖鍊幫忙拉動，也一籌莫展：通道非常狹隘。儘管如此，許多船艦仍試圖找機會進入王國，有些船還必須強行使勁才過得去。

奧斯卡轉身對兩位好友說：

「你們覺得我們能通過這扇閥門嗎？」

勞倫斯皺眉，不太有把握。

「那就太神了。我們的潛艇比一般的紅牛艇還大，而就連紅牛艇都不容易鑽過了……」

「無論如何，總要試試看。」奧斯卡斷然決定。「娜娜，妳願意冒險嘗試嗎？」

「當然。」她興致盎然地說，提升所有人的信心：「我不僅要試，而且要成功！」

勞倫斯坐回座位上。

「希望妳會成功，不過……我還是先繫好安全帶比較好：這可要全力衝刺才行！」

「出發了！坐穩囉，牛仔們！」她高喊，彷彿正在競技表演場上。

潛艇從滿是泥沙的海底往上衝，引擎發出前所未有的怒吼，對著瓣膜閥門直衝而去。這時，潮水改向，瓦倫緹娜不再需要逆流而上，現在，在順流的推動之下，只要趁勢向前。兩扇門扉正好張開。

「就是現在！」瓦倫緹娜大喊：「抓緊了，我們要一舉成功！」

通過窄門時，她把加速桿推到底，他們的艦艇朝前衝出。

接下來的撞擊把他們震得東倒西歪。一種恐怖的金屬摩擦聲響個不停。雖然引擎掙扎向前，但被卡住，動彈不得。他們檢視駕駛艙內各個部分：牆板撞到瓣膜閥門，導致變形。勞倫斯率先發難。

「你們看看！」他說，「船艙破了，海水湧進來了！」

他轉身面對好友們。

「你們有辦法嗎？因為，我想，從剛才到現在，我還沒學會游泳……」

瓦倫緹娜不死心地再試最後一次，得到的唯一結果是：引擎的焦味擴散到駕駛艙內。

「再試也沒用。」她說，「我們被困住了。」

她看著奧斯卡在各個角落翻箱倒櫃。

「用腦思考，而不是要你動手打掃，好嗎？」

他一言不發，走出座艙。瓦倫緹娜和勞倫斯不解地對看一眼。

過了一會兒，他再出現時，懷中抱滿東西，眼裡閃著希望的光芒。

「我想，我們可以脫身……而且不必學會游泳。」

醫族少年雙手緊緊抓住他的機器，然後轉頭：透過護目鏡，他看見兩位好友緊緊跟著他。三人都穿著黑色帶帽連身裝，幾乎全身都被遮住；腳上穿著蛙鞋，並配帶一瓶氧氣筒。不過，最珍貴的寶貝應該是三人都趴在上面，並伸長手臂抓住的推進器。奧斯卡很高興能從潛艇底部挖出這些裝備，對勞倫斯投以詢問的眼神。令人驚訝的是，在這個水中世界，黑帕托利亞男孩顯得很放鬆，對他比了個一切都好的手勢。三人都向後望了一眼：他們放棄了卡在瓣膜閥門動彈不得的潛艇。

他們終於來到海底更深的地方，抵達密特拉女王的國度：其實，也就是雷歐尼的心臟。

奧斯卡在最前面領頭探險。他提高警覺，不斷避開來自四面八方的各種潛水交通工具。當然，還有普羅特因：這種超級精密的自動化機器，瞄準針對各種物體，改變，修補，切割它們的結構……不僅如此，還有難以數計的浮游生物，就某種牽強的程度而言，跟在第一國度所遇見的病毒和細菌有點像，不同之處在於這裡的生物看起來一點也不具侵略性。相反地，沒有半隻小魚，也不見一株海草……

奧斯卡有點漫無目的地前進，希望能找到一個地方停下來，思考一下該如何繼續進行，才能取得綠寶石板。就目前而言，他必須承認線索的確很少：出發之前，他沒能找到任何指示，來到兩國世界後也沒有更多進展。他努力不去多想，加速前進。短暫的一段時間，高掛在天上的太陽非常強烈，光線穿過海面，照耀深海中的幫浦國。這時，一道陰影遮住奧斯卡和他的兩名好友，三人不自覺地放慢速度，目瞪口呆：在他們前方，豎立著一個巨大的橢圓形，由兩大部分貼連組成，宛如兩個暗紅色的大馬鈴薯，靠攏並排在地上，頂端各有一顆心——一個是紫紅色，另一個是淺紅色——在陽光下閃閃發亮。他比了個手勢讓同伴們跟上，然後朝那奇特的結構體前進，直到能清楚辨識出那兩大部分表面上有幾千個孔洞為止。其中一個開口比較大，位於一座橢圓建築前方，像是一個入口。近距離觀看之後，三名探險家發現，這道門經過仔細修剪，彷彿有一群細根纏繞在門楣周圍。

就在他們接近之時，奧斯卡感到連身裝下散發出一股熱流。他拉下拉鍊，拿出亮光耀眼的鍊墜。大門四周也亮起來，支柱周圍的細網變成閃爍的彩燈。一道道門緩緩開啟，三名少年進入可洛娜宮殿。

他們越過一個光禿禿的地方，身後的大門又緩緩關上。那是一個無比平滑的球狀空間，他們繞了一圈。過了一會兒之後，瓦倫緹娜揮手要朋友們到她那邊：她總算在壁面上發現一個狹小的空間，只有一個開口。他們放下推進器，鑽了進去。勞倫斯瞄了氧氣計量表一眼：他呼吸短促，已耗去瓶筒中百分之九十的氣體。現在該是浮上水面換氣的時候了。但是，該從哪裡上去，又該怎麼做呢？

在這裡，他們也繞了剛才通過的奇特廊柱一圈，但這一次，上方沒有任何出口。勞倫斯呼吸愈來愈困難，回頭朝剛才那條通道走，但通道消失了！他們被困在死路中！

好友三人開始朝各處划水，想找出一小條縫隙，或任何能出去外面的角落，終究無功而返。瓦倫緹娜也開始出現呼吸窘迫的問題：她的氧氣筒幾乎空了。奧斯卡划到他們身邊，絕望無助。他為什麼要把朋友帶到這種地方，害他們溺水而死？他將連在他瓶身上的一截救生管遞給他們，讓他們吸取他氧氣筒裡的空氣。兩個體內世界的好友都拒絕使用。奧斯卡正想再勸勸他們，頭頂上方傳來詭異的聲響，引起他的注意。三人一起抬頭，看到了原已不敢冀望的景象：水位奇蹟般地下降。

三人不假思索，用力踢腿往上游。一把頭伸出水面之後，他們就摘掉面罩，套帽，大口吸氣。

「這一次，」瓦倫緹娜上氣不接下氣地坦承：「我真的以為就要小命不保了！我們到底是迷路到什麼地方來了？」在她說話的同時，水位仍不斷下降。

兩個男孩都給不出個答案。

奧斯卡的蛙鞋率先接觸到地面。三人發現他們坐在一座溼答答的平台上，位於一條像煙囪的管道內——若非地上有網洞可以吸水，簡直完全密封。他們脫掉潛水裝備。

「腳踏實地的感覺真好！」勞倫斯說出心聲。

「持續不了太久。」瓦倫緹娜警告：「我們一定得離開這裡。總之，我可不想在這裡化為白骨。」

「妳的願望會實現的，娜娜。」奧斯卡對她說，眼睛注視著管壁：「妳看！」

牆上出現一道縫隙。圓柱上，一塊門板滑開，亮出一個跟門一般大小的開口。奧斯卡和好友們一個接著一個靠過去，小心翼翼地出去。

三人一下子看得入迷，不由得旋轉了一圈。他們來到一間遼闊的大廳，天花板高得望不到盡頭，大紅色的透明牆面似乎從外面照亮，彷彿腐化了的葉片，脈絡清晰可見，像一張非常細密緊繃的大網。

「我們好像在一張超大蜘蛛網中央，」瓦倫緹娜陶醉地說：「好讚！」

更令人印象深刻的是這個地方十分安靜，只聽得見雷歐尼的心跳。這座大廳盡頭有一座鋪著紅毯的樓梯，彷彿無止盡地向上延伸。沿牆擺放了幾張酒紅色的絨布長沙發，牆上掛著幾幅抽象畫，畫上滿是不規律的線條。他們還來不及好好欣賞宮殿入口的豪華裝潢，大廳另一端突然有一扇門一下子大開，好幾名武裝人士往他們衝來。

「是巨噬細胞！」勞倫斯驚呼，臉色慘白。「他們把我們當成入侵的異物！」

「好吧，我們得跟他們解釋說這是真的。」瓦倫緹娜回應，「但是……」

「根本沒有但是！」勞倫斯反駁：「對他們而言，每個外來異物都代表危險，必須消滅，就是這樣！」

奧斯卡則一秒鐘也不遲疑：

「**快逃！**」

三個人箭也似地奔往樓梯，衝上樓去，恐怖的女王巨噬細胞兵團緊追在後。

「這條……樓梯……根本……爬不完……」肥胖的身材加上缺乏運動，勞倫斯氣喘吁吁地說。

奧斯卡回頭張望：在他身後，武裝士兵已經逐漸趕上。他不敢減速繼續往上跑，一面打開帕洛瑪部門的工具包，拿出一塊雪花形狀的水晶，那是莉薇亞的傑作。

「你們繼續跑，」他建議好友們，自己則把水晶貼黏在他的鍊墜上。「我再去跟你們會合……」

「不！」瓦倫緹娜大喊：「我們絕不丟下你！」

「想都別想！」勞倫斯也勇敢地附議。

「你們別停下腳步！」奧斯卡用較嚴厲的語氣喝令：「我馬上來跟你們會合！快走！」

兩人心不甘情不願地照他的話做，繼續逃跑，目光卻緊盯著好友不放。奧斯卡迅速瞄了武器一眼，記起帕洛瑪的話：「有一項武器，消滅敵人的效果非常驚人，不僅用在病族身上，也適用於所有的一切。運用頭腦，親愛的小甜心，運用您的頭腦：這比任何武器都有用。」

他但願自己確實遵從了夫人的話，祈禱自己在對的時刻想到了適當的辦法。他起了一陣雞皮疙瘩，但仍穩穩地伸長手臂，沒有顫抖。能量聚集在M字中央，穿透水晶，以藍色光束的型態射出，擊中醫族少年腳邊的石塊。石階上凝結了一層薄冰。

追兵距離他不到三十公尺，已伸長章魚般的觸手，張開身上的鐵鬃，打算擄取獵物——也就是他。他的心臟彷彿都跳到頭頂了，不過，他並沒有因此而軟弱，繼續沿著整段石階發射光束，也不忘記兩旁的扶手。階梯逐漸鋪上冰霜結晶，滲入空隙，轉變成灰白色。

第一道裂痕終於出現。

那群人以閃電般的速度迫近他，其中最高、最壯，而且還比其他人都兇狠，看起來像首領的那人，踏上了結凍的石階。完了，奧斯卡心想，一切完了。他向後退，閉上眼睛。

只聽見一聲爆炸。他睜開眼睛，剛好看見石階在冰冷與膨脹的作用下炸飛，樓梯底部的部分搖晃起來。首領短暫維持了一下平衡，終究與部下們一起跌入空中。奧斯卡則大步跨上剩下的階段，與在最上方等他的好友們會合。

「太精采了，奧斯卡！」勞倫斯大汗淋漓，連聲稱讚，「我好擔心會出現最壞的結局。」

「我不懂，」瓦倫緹娜詫異地問：「你的鍊墜讓我們進入此地，這表示醫族被視為朋友；那麼，這些巨噬細胞為什麼要攻擊我們？」

「或許是因為你們。你們不是醫族。」奧斯卡猜想。

他看看左邊，又看看右邊：兩道長廊延伸，長得看不見盡頭。

「那現在，我們該怎麼辦？」黑帕托利亞男孩問，「可以確定的是，支援部隊很快就會趕到。」

「你說的也太準了吧！」他體內世界的好友指著左側的走廊大喊。

他們不再多想，立即鑽進另一側的廊道，後面跟著一整團追兵。他們先前才好不容易平復緊張的情緒，稍微喘口氣，所以現在很快就被趕上。

「得趕緊拿個主意，快！！！」瓦倫緹娜對好友大喊：「我們快被抓到了，他們的速度好快！」

奧斯卡正想回應，口中卻發不出任何聲音：在他們前方幾公尺處，一扇門被風吹開，伸出兩隻手臂，把奔跑中的醫族少年從廊道抓走。瓦倫緹娜和勞倫斯緊急煞車，目瞪口呆。這時，那兩隻胳臂再次冒出來，把他們也抓進門內。

一股驚人的力氣將他們壓在靠近門邊的牆上。

「噓！」有人竊竊耳語：「別出聲！」

跟打開時一樣迅速，門一下子被關上。走廊上宛如萬馬奔騰，衝到他們附近，然後逐漸遠離。三個青少年站起身，上氣不接下氣。他們面前站著一個一頭亂髮的瘦長男子。

「阿力斯特！」奧斯卡驚呼，彷彿見到上帝本尊。「但是……您沒跟其他人在一起？」

長老伸出手指壓在奧斯卡的唇上，示意他安靜。在這個黑漆漆的房間裡，長老看起來彷彿鬼魅。儘管光線幽暗，男孩仍努力觀察他：阿力斯特似乎變得更削瘦單薄，只有眼底冰冷的寒光像是真實存在。

他把手從奧斯卡的嘴上移開，開口低聲說話。

「我正打算去庫密德斯會，卻聽說你沒等他們就出發了。」他解釋，「不過我還有時間，他們今天下午才走。」

「是今天早上十點，從雷歐尼家出發，阿力斯特。」奧斯卡糾正他，暗自吃驚。「我想您已經遲到了：現在已經九點四十五分。」

阿力斯特露出不高興的姿態。

「無所謂。我不該來這裡，但是我曾答應你要幫助你，所以，我遵守諾言。」他輕描淡寫地說。「不遠了……你的目標。」他謹慎地補上這句，一面朝其他兩名青少年瞪了一眼。

奧斯卡感到一身疲累都被長老的話帶走，瞬間消散。他試著辨識這個房間的形狀和輪廓。

「我們到底在哪裡？」他興奮又緊張地詢問。

阿力斯特伸長手臂，宛如變魔法似的，他的手中多出一支手電筒。好友三人環顧四周，發現他們所在的房間其實比外面的遼闊大廳小得多，但這裡的天花板也很高，而空間裡的裝潢擺設豐富多了。牆上張著紅色，酒紅色，夜藍色和金色色系的掛毯。其中一幅描繪整個第二國度的樣貌，包括圍成一個大圈的城牆以及位於中央的宮殿。另一幅畫則呈現一位女性：一頭白色長髮上圈著一頂鑲著心型紅寶石的王冠。第三幅畫則是一片純白與天藍，與埃俄羅斯王國那個紅通通的世界截然不同。

房間盡頭有一張細緻的寶座，高高設在一座鋪著紅石榴天鵝絨的講台上。椅腳，扶手，還有椅背，儼然是精雕細琢的木製蕾絲。

「你們在幫浦國的寶座廳。」阿力斯特的語氣平淡。「密特拉女王是埃俄羅斯國王的姊妹，她在這裡召開並領導長老議會。」

奧斯卡觀察他，暗暗訝異：他說話的方式簡直像機器人，沒有任何抑揚頓挫。他究竟又發生了什麼事？怎麼又失去記憶，態度變得奇奇怪怪？奧斯卡真的很擔心他，因為他很欣賞長老，即使這個年輕人反覆無常的情緒令他困擾：有時表現得十分友善，像個大哥哥似的；有時在他面前的這個人卻又冷漠生疏。他終究忍不住懷疑是否該把這件事告訴布拉佛先生，至少跟魏特斯夫人談談：她對年輕長老頗有好感，應該知道他這麼做的原由。

講台下，一根不比他高的奇特圓柱吸引他的注意。柱子頂端有一團鮮紅的雲霧繚繞，圍住某種東西，奧斯卡看不清楚。瓦倫緹娜的好奇心當然不下於他，直接穿越會議廳，在圓柱底座前方立定。

「這好漂亮喔！」她說，「是什麼東西？」

阿力斯特的聲音從另一端響起，這一次語調有力得多：

「女王的權杖。」

瓦倫緹娜後退一步，想空出點距離觀賞：這根權杖從上到下綴滿珍貴的寶石，跟掛毯上女王王冠上所鑲嵌的珠寶一樣，是切割成許多面的璀燦心型。

阿力斯特帶著兩個男孩走過來。

「它不只是漂亮而已。」年輕長老對奧斯卡說：「而且非常有用。甚至，為了得到你要找的東西，它是不可或缺的工具。」

「權杖能幫我們找到綠寶石板？」勞倫斯問，半信半疑：「怎麼幫？」

從黑帕托利亞男孩口中聽到這些話，阿力斯特大吃一驚。

「他們是我朋友，知道整件事。」奧斯卡說明。

長老顯得十分不悅。

「你應該要低調一點——而且要更小心才對。」

「我們是他朋友。」瓦倫緹娜強調，「這表示我們不會說出去，也絕對不會背叛他。朋友是什麼，您懂嗎？」

奧斯卡和勞倫斯瞪著她，被她的膽量嚇呆了。阿力斯特卻不在意女孩無禮的態度。

「總而言之，」他嘆了口氣，「事到如今，為時已晚。而且，既然你不是孤軍奮鬥，那我也可以不必一路作陪了。」

「好，」瓦倫緹娜下定決心，朝頂端的雲霧伸出雙手：「如果這枝權杖是必需品，拿走就對了！等找到要找的東西之後，我們會乖乖的放回原處。」

阿力斯特阻止她。

「別這麼做。」他警告女孩。

「為什麼？我以為應該要拿走它啊？！」

「妳現在要做的事，只有女王能做。」

「伸入雲霧中會發生什麼狀況？」奧斯卡問。

「裡面有另外一種氣體，萬一跟空氣混合，會立刻爆炸。」年輕長老回答。

「那麼，怎樣才能拿走它？」男孩又問。

「能做到的，只有女王……或醫族。」

「那麼，您可以去拿呀！」勞倫斯不信任地直視阿力斯特，提出建議。

阿力斯特不動聲色地後退一步。

「不，動手拿權杖那個人，在拿到之後必須保管它十五分鐘。」

奧斯卡把瓦倫緹娜推開，自己站到柱杖前方。

「等一下！」阿力斯特喝止：「你一伸手進去就會爆炸。」

「您剛才才說醫族可以拿走它！」

「醫族跟任何人一樣，都會引發爆炸，只是醫族有保護自己的可能辦法。」

奧斯卡思考了一下，各種醫族魔法中，他只曉得一項可以讓他避開危難。

「我的披風？」他探問。

「沒錯。無論要做什麼，先把它蓋在雲霧頂端再說。」

「您自己的披風呢？」勞倫斯問。

「我剛剛太匆忙了，把它忘在……」

他的話語被一陣嘈雜淹沒。聲響似乎來自走廊，似乎有些人在外面跑，不過離這裡還有一段距離。然而，分秒都不該浪費。阿力斯特把頭探出門外，毫不遲疑立即關起。

「他們很快就到了！」他十分緊張地說：「快！照我的話去做！」

奧斯卡解開披風，匆匆忙忙地扔在圓形的頂端上。奇怪的是，覆蓋在天鵝絨布下的雲霧竟堅硬得像玻璃一樣。

「現在，」阿力斯特宣布：「你可以掀開了。」

瓦倫緹娜和勞倫斯大動作跑得遠遠地，卻已經太遲：爆炸所產生的勁風掀飛斗篷，並將三名少年彈震到地毯另一端。阿力斯特自己也必須抱緊一張沙發，才不至於摔倒。

奧斯卡立即起身，跑到圓柱旁。天鵝絨下方的紅色雲霧已經消失，披風直接落在那珍貴的權杖上。他以眼神詢問阿力斯特，長老比了個手勢鼓勵他，於是他小心翼翼地掀開披風。

包困在披風纖維中的幾千顆結晶如雪花般灑落地上。奧斯卡抖振長袍，輕輕拉開：底座上，密特拉權杖完好如初，閃耀著璀璨的橘色和紅色光芒。

奧斯卡呼吸急促，遲疑著；冷汗沿著他的背脊涔涔淌下。他和好友們交換了個眼神，然後下定決心：他伸出手，握住權杖。什麼也沒發生：沒有雷電，沒有再次爆炸，權杖也沒有分解。他閉上眼睛，鬆了一口氣。

勞倫斯和瓦倫緹娜也同時吁了一口氣。

「我還以為這根皇家長棍被施了魔法，我們會受到恐怖的詛咒。」黑帕托利亞男孩直言。瓦倫緹娜善意地拍拍他的背。

「我早就跟你說過：你看太多小說了。這裡上演的是真實人生，詛咒和魔法都不存在。」兩個男孩微笑地看著她。她凝望廳內景觀，又說：

「哎，好吧，應該說……那幾乎不存在。」

走廊上傳來大呼小叫，將他們拉回現實，記起自己置身險境：兵器盔甲發出鋃鐺碰撞，走廊裡，來自各方的腳步雜沓急促。

「他們要搜尋宮殿的每一個房間。」阿力斯特警覺：「不走不行了，跟我來！」

「能去哪裡呢？」奧斯卡問：「到處都有士兵，我們又不能從剛才來的地方逃跑……」

年輕長老看著他，表情神祕兮兮。

「誰說要離開這個房間？走到寶座那裏去，快點！」

奧斯卡不多廢話，連忙照辦。

「你看椅背頂端，有兩顆心型紅寶石：一顆較淺，另一顆較深。」

「沒錯。」醫族少年確認狀況跟他描述的一樣：「我知道，那是這個王國的標誌。」

「兩顆紅心之間有一個開口，快把權杖插進去，別拖拖拉拉的！」

奧斯卡踮起腳尖，把權杖底端伸入洞中。

一道強烈的光亮照耀寶座椅腳，像火苗般往上竄升，照亮扶手，椅背，一路延伸到兩顆珍貴的寶石。講台震動起來，逐漸變成劇烈的搖晃。

就在這個時候，外面的人試圖闖進來，還好阿力斯特剛才把門鎖上。

「**開門！**」一個威嚴的聲音喝令：「**把這扇門打開！**」

「爬上去，三個都爬到講台上去，快！」阿立斯特跑到門邊，用一張椅子堵住門口。

瓦倫緹娜和勞倫斯不必人家再喊第二次，立即上去跟奧斯卡會合；男孩緊緊靠在披風上。講台的強力震動轉變成緩緩下沉——地板坍陷了。阿力斯特轉身看他們逐漸消失，只見他們的上半身和頭還在地面上。

「那您呢？」奧斯卡大喊。

「不必為我擔心。我馬上就回去找你的同伴。」

房間外，追兵試圖用暴力將門撞開。

「祝你好運，奧斯卡．藥丸。」阿力斯特說，目光始終緊盯著他，聲音卻變得十分奇怪，幾乎讓人認不出來。

地面繼續沉陷，奧斯卡消失前，僅看見門板被一下下地撞擊，劇烈晃動；然後，他們的頭頂上方兩扇門板滑動，地面重新闔起，將他們潛入一片漆黑。

門板被擊個粉碎，一群全副武裝的士兵衝進寶座廳。所有人往兩旁散開，列隊排好，形成一道長廊。

全體安靜無聲，一位非常高大的女子在門口現身。她身穿一件簡單大方的鮮紅天鵝絨長裙，白髮長得看不見盡頭，與和長裙同樣紅艷的嘴唇形成鮮明對比，披瀉在背上，彷彿新娘禮服的長襬搖曳。她短暫立定不動了一會兒，僅以深邃的黑眼珠四面八方掃視一圈，彷彿藉此評估剛才廳內發生了什麼事。

她往前走，目光立即落在圓柱上，以及散落一地凝成結晶的雲霧，還有，後方那個本來放著寶座和講台的空蕩位置。她本能地伸手到頸子上，摸到繫在一條項鍊底端的鍊墜：兩顆紅心組成的寶石。她垂目探看：兩顆紅心忽然瞬間失去光澤。

她走到圓柱前，滿腔憤怒，一手揮落最後剩下的幾個渦形裝飾，轉過身來，滿佈皺紋的臉慘白無色，但眼中燃著熊熊怒火。

「羅曼諾！」她高聲呼喊。

一名看起來尚且年輕的男子，五官非常細致，來到她面前。他沒留鬍子，沒蓄鬢鬚，眉毛和頭髮都剃光。

「女王陛下，權杖不見了。然而，除了您以外，沒有人能拿到它……除非是醫族。」

她低頭望著頂端裸露的圓柱。男子焦躁不安地摸著光頭，猶豫了一下，湊上前去，低聲說：

「寶座也一起消失了，這表示，搶走權杖的人逃往那座洞穴和廳室……」

「我知道。」密特拉打斷他的話。「我知道得跟您一樣清楚。」

女王的顧問大臣鞠了個躬，向後退下。

就在這不到秒的時間，她瞥見先前沒注意到的大廳底部：掛毯和厚重窗簾的陰影中，那一個她熟悉的瘦長身影。接著，一陣閃光，那個男人無影無蹤，廳內只剩她和士兵們。

她的心腹顧問當時剛好也轉過身，一起目睹了這一幕。他轉頭看女王，無法置信。

「他？」羅曼諾囁嚅地說：「這……可能嗎？」

密特拉挺起胸膛，以冷若冰霜，不容動搖的堅決語氣下令：

「找到他！給我找到阿力斯特．麥庫雷。動作快！把他活捉來見我！」

她快步走出廳外，羅曼諾和一大群士兵緊跟在後。這時，突然發生一陣頗具規模的地震。走廊上的光線變得昏暗不明，最後整個熄滅。

「女王！」羅曼諾驚呼：「全力保護女王！」

士兵們團團圍住他們的領袖，活像一面伸出尖刺的擋箭牌。羅曼諾則從腰間的刀鞘抽出一把奇特的短劍，劍身閃耀紅色光芒。密特拉強制軍隊散開。

「這不是攻擊。」她毫不猶疑地宣布。

「那麼，這是怎麼回事？」年輕男子不放過任何一點蛛絲馬跡，緊盯周圍的風吹草動：「怎麼能這麼確定？」

「我有百分之百的把握。」女王堅持，「因為，我對雷歐尼・史密斯這個老頑固瞭若指掌！」她一面說，一面急速走進長廊，她的心腹隨從亦步亦趨。「整個王國全面啟動警戒模式！」

雷歐尼的天人交戰

的確，密特拉對雷歐尼瞭若指掌。

好友三人組剛進入他的體內，老先生就坐進沙發，對著他的威士忌，開始深思熟慮，思考在一大早八點鐘就喝上一杯的可能性。不得不承認：他心中許多論點都傾向於可以。首先，他喜歡威士忌，而喜歡一樣東西的時候，就不會去計較——時間或金錢都無所謂。因此，在他看來，完全沒必要看手錶管現在是幾點。再來，這一點尤其重要：酒精讓他平靜——至少他是這麼認為……——而這幾個不速之客臨時冒出來，真的害他情緒緊張，特別是小藥丸那個傲慢少年所說的話。

儘管他並不訝異這個男孩自以為是，因為，上個星期，麥庫雷這群小毛頭第一次造訪之後，他趁喝威士忌的空檔打聽過了。他的兒子雷歐納從母親（已亡人史密斯太太，雷歐尼之妻，願她安息）身上遺傳到醫族特質。兒子告訴過他藥丸家族的卓越貢獻，尤其是小藥丸的爸爸：那傢伙傑出英勇，曾創下許多偉大功勳，最後卻被捲入一項陰暗恐怖的事件，沒能活著出來。很顯然地，那位父親個性強勢，出盡風頭，做兒子的當然少不了有樣學樣。

話雖這麼說，難道單憑這種理由，一個青少年就可以如此沒教養，年紀輕輕的，就膽敢侮辱像他這樣受人敬重的老先生？雷歐尼已經開始後悔自己表現得過於寬大。

「我應該嚴厲點，處罰他一頓才對。」他心想。「拒絕他施行那該死的體內入侵術或天知道什麼的。要想靠麥庫雷給他點顏色瞧瞧，那可有得等了！」

他又嘟囔了幾分鐘，閉上眼睛，沉沉睡去；各種煩心的念頭在夢境中迅速繁衍。一刻鐘之後，他突然驚醒：一場好睡變成清楚鮮明的惡夢。事實上，夢中的紅髮小子在他體內無所不用其極地大吵大鬧，一邊尖酸刻薄地訕笑，一邊鬼吼鬼叫：「您的脾氣糟透了，史密斯先生！您的脾氣糟透了！」他感到自己狂亂的心跳簡直快把胸腔都跳破了。

他站起身，環顧四周，放心了，伸手去取藥盒。吃心臟病藥的時間到了。

他又開始自言自語碎碎念——總之，他百分之九十的時間都在抱怨——然後回想現在該吞哪些藥。一顆控制心跳節奏，一顆抑制血壓，另一顆疏通血管堵塞。他不僅討厭吞嚥這一堆藥，更討厭這堆混調雞尾酒般的藥妨礙他接下來喝杯威士忌麻痺知覺，打發時間。因為他的醫生——這一次說的可是真正的醫生，不是那些沒用的醫族！－對這件事的態度非常清楚：服藥的同時絕對不能喝酒，絕對不能。

想起這項指示，他像個不能稱心如意的小孩似的，情緒變得很差。他討厭費奇醫生拿後果訓示他，禁止他享受生活中的小樂趣。到頭來，他徹底相信，其實傳統醫生也不比醫族好到哪兒去。一方面，因為他太太和小孩隸屬那個該死的族類；另一方面，他那該死的心臟需要常看醫生，否則，他對這兩種人都沒興趣。

他咬緊牙關，睜開那雙炯炯有神的小眼睛，注視水晶酒瓶，目光輕撫琥珀色的佳釀。

一如每次凝視他最愛的酒品之時，他的嘴角揚起一絲淺淺的微笑。

他將那些藥片放在手心把玩了一會兒，猶豫著，手指輕輕掠過身旁的空酒杯。然後，他故意假裝看其他地方，拿起酒瓶，倒了一點威士忌，停下手，再添加一點，又添加一點，直到杯子幾乎斟滿才放下酒瓶，把藥片放回藥盒，不斷低聲哼著一首輕快的小曲。

他舉杯祝自己身體健康，絕不祝福費奇醫生那個掃興鬼；然後，飲下一口純麥釀造的甘醇美酒，閉上眼睛，舒服得嘆了口氣。他迅速瞄了他的藥物一眼，把藥盒推開一些。

「啊！現在，鬧夠了！我說過，晚一點再吃！」老先生突然發火，彷彿藥片對他說了什麼責備的話，而他正在反擊回去。「不必這樣大驚小怪！」

他飲下第二口，微笑起來，為了補充元氣，又啜飲了一點——去他的飲酒不過量！——乾脆一口氣喝光。

他放下酒杯，心滿意足地打了個大嗝，把頭靠在沙發扶手上。

真是人間美味。

唯一的問題：那滋味不能持續，才喝完一杯，嘴裡就淡然無味。所以，只有一個辦法：他把所有程序從頭再做了一次，又一次。

到了第三次，他只剩下把頭和酒杯趴放在桌上的力氣。

並且立即睡死。

桌上，藥盒就擺在那兒，而且，唉！藥全部都還在。

當寶座廳的地面在他們頭頂上方闔起，奧斯卡，瓦倫緹娜和勞倫斯一動也不敢動地站在講台上，跟著下沉了好幾公尺。

總算能離開的時候，他們踏上一座平台，通往一條令人驚嘆的隧道：這條隧道建造在海底，就築在沙下，而頂部是一片大玻璃版，任潮水沖刷洗淨。只要抬起頭，好友三人組就能欣賞幫浦國的海底世界及其中的所有生物。

「真不可思議！」勞倫斯讚嘆：「我們彷彿在一個超大的水族箱下面，跟書裡寫的一樣！」

瓦倫緹娜可沒有閒情逸致慢慢看風景，跟奧斯卡一起邁步向前跑。

「快呀！勞倫斯！」她對他說：「因為女王的士兵可不僅是像書裡寫的那樣，他們活生生地存在！」

「我們必須跑到這條隧道另一端，你們趕快！」奧斯卡對他們大喊；他已經領先他們很多。

勞倫斯也奔跑起來。

「有個小問題，」他沒停下腳步，邊跑邊問：「你有沒有一點概念，知道這條隧道通往哪裡？」

「沒概念，不過我們很快就會知道了。」

第一次的地震就在這個時候發生，他們扶住壁面，以免跌倒。勞倫斯抬頭仰望他們上方那一大片深紅。

「發生了什麼事？感覺上這整個王國突然變暗了！」

「你們看！」奧斯卡大喊：「那裡，那一群普羅特因痞質！他們不再往前了！就好像……潮汐停止了。」

「我不知道你們是不是也有這種感覺，」瓦倫緹娜拉開T恤的領口：「不過我的呼吸變得困難起來……」

燈火再次閃爍，然後，周圍恢復光線大亮。在幫浦國深海底，潮水又流動起來，循環系統重新運作。

「雖然沒持續多久，但是很詭異。」勞倫斯擔憂起來：「而且這感覺很不舒服，好像整個王國都當死了。」

奧斯卡幫忙他們起身站穩。

「你們發現了嗎？瓣膜停止拍動了，剛才才恢復。我想，雷歐尼的心臟有毛病……」

「所以海水的循環才會中斷？」勞倫斯問。

「或許吧！」奧斯卡回答：「無論如何，如果紅牛艇不能再通過……」

「……它們就不能輸送氧氣了！」瓦倫緹娜接話：「當然，這很合理。而且，這裡的庫存也不是很多，很快地，我們的呼吸會愈來愈辛苦。」

奧斯卡似乎已準備再出發。

「一切看起來已恢復正常。」醫族少年認定：「又給了我們一個不該拖延的理由。你們覺得自己的狀況有辦法繼續上路嗎？」

「當然！」瓦倫緹娜英勇地說：「那只是一時有點虛弱而已。我們走吧！」

他們再度趕路。第二次搖晃把他們震趴在地。這一回，四周完全陷入一片漆黑。

「娜娜。勞勞，還好嗎？」

「好～！」兩名好友異口同聲回答。

「還好。」勞倫斯進一步確認：「除了腫了一個大包之外。」

「還有再次出現的這種呼吸困難的感覺。」女孩補充。

他們伸手到處摸索，總算聚在一起。遠處的擾嚷叫喊似乎擴散到水中，穿過玻璃頂，傳到隧道內。他們感到背脊發涼。

「我想……我想雷歐尼的心臟根本停止跳動了。」奧斯卡坦承，對情勢感到十分不安。

雷歐尼睜開眼睛。他的胸口一陣劇痛，宛如被老虎鉗鉗住。他汗水淋漓，全身無力，被一種沉重的疲倦累垮。這不是第一次了：去年，當他在救護車內醒來時，也曾有過同樣的感受。根據那些人的說法，他的心跳開始變得「亂七八糟」。亂七八糟？這到底是什麼意思？那時，費奇醫生對他解釋說，他的心跳不規則，而且心臟的效能降低了：「當幫浦的運作功能變差，您體內的血液循環也會變差。」

從那時候開始，他就必須吃藥。「千萬別大意，史密斯先生。」醫生威脅他：「只要忘記一次，您就可能有生命危險。」

他的藥！他驚跳起來：他忘了吃藥！所以，症狀再度發生了！他轉向小桌：雖然近在眼前，卻彷彿遠在天邊。他太虛弱，雙手顫抖不已，根本無法伸長手臂，搆不到藥盒，無法取得能救他一命的藥片。

他垂下頭，既恐慌又憤怒，只能任由目光滯留在翻倒膝頭上的酒杯。在此同時，他感到心跳變得非常不規律，緊接著又一陣劇痛，這一次，宛如被刺了一刀，劃破整個胸膛。

然後，一片漆黑。

一如每個星期六，巴比倫莊園的孩子們總是一大早就湧入社區的公園，高高興興地享受舒適的天氣；因為，秋天之後是冬天，接下來那麼多個周末都得被關在家裡。

上午九點，氣氛熱烈到最高點。

「蒂拉！」影子大聲叫喊，高興地朝偶像打招呼。

她臉上欣喜的表情卻如一陣煙似地轉眼消散。

「咦……妳怎麼沒穿那條繡花牛仔褲？」她問，極度失望。她催促媽媽替她買了一條一模一樣的，正想炫耀一番，但蒂拉卻穿了一件裙子，搭上亮片T恤，跟她速配極了。

「對。」蒂拉微微一笑，回應：「我改變主意了。」

「妳是從哪裡過來的？」蕊絲問她，一面忙著打扮，編一個四面八方都有辮子和髮髻的超複雜髮型。「我們等妳一個小時了！」

「我在雪灣有約。」蒂拉含糊支吾地回應。她最喜歡故作神秘，讓人摸不著頭緒，對這兩個閨蜜也不例外：「我不能告訴你們……」

「雪灣？」蕊絲詫異地問：「那裡離巴比倫莊園很遠耶！妳去那個地方搞什麼飛機？」影子還猶豫著是否有時間回家換套衣服再出來——她記得衣櫥裡有件裙子根蒂拉身上這件很類似——但又立即對朋友的話產生興趣；或者應該說，對於蒂拉所隱瞞的事產生興趣……她超瘋八卦，傳聞和各種謠言，尤其熱衷跟她這位好友的隱私有關的一切。

「好啦，快說嘛！」女孩鍥而不捨地追問：「妳去那裡……找男生對吧？」她發出母雞一般的咯咯嗤笑。

蒂拉比任何人都會製造懸疑，吊人胃口，故意讓她們唉聲嘆氣一會兒，才再多透露一點。

「可以這麼說吧！」她終於回答。「不過……」

「不過什麼？」兩個女孩齊聲問。

「……不過不是妳們所想的那樣。」

她嘆了一口長長的氣，然後又說：

「實在好可惜，我真的什麼都不能告訴妳們……不然妳們會愛聽死了！」

「我也是，也非常有興趣想知道。」她身後一個男孩大聲宣稱。

蒂拉立即認出這個聲音，轉過身來，刻意把一頭秀髮甩到一邊。陽光下，她眼中的金色光芒顯得更迷人，她知道。

「嘿！羅南！」她說，「這倒是真的，我今天早上看見的事應該會讓你很感興趣……」

羅南轉頭看看平時跟著他的那幾個傢伙：多赫弟撐著長腿杵在那兒，臉上掛著傻呼呼的微笑——尤其是當蕊絲在附近的時候。不過，對她來說，他就跟一張長椅差不多，從來不值得注意。諾頓沒來由地從一棵樹上折下好幾根樹枝，斷成好幾截。而吉米．貝特斯——他是三人之中最陰險也最狡猾的——打量著女孩們，一臉壞笑；眼睛藏在披在臉上的長髮後面，眼神顯得更加晦暗。蕊絲不顧姊妹淘的建議，用盡手段要引起他的注意，偏偏他對蕊絲的媚眼秋波視而不見，冰冷淺色的目光只在蒂拉身上逗留。他俊美帥氣，令人心神不寧，而這個美麗誘人的少女也不例外，並非沒有感覺。總而言之，沒有一件取悅之事會讓她沒感覺……

「你們滾開！」摩斯用威脅的眼神瞪視周圍這群人。

女孩們不敢拖拉，多赫弟和諾頓也立即走遠。吉米．貝特斯則慢吞吞地起身，終究還是轉頭離去。

「好了，」摩斯問女孩：「今天早上發生了什麼會讓我感興趣的事？要是我們能一起度過，一定會好很多，只要妳願意……」

蒂拉剛才耐心地等摩斯對其他少年蠻橫專制——他這麼做，想必是為了博她一粲。摩斯這傢伙，整天在她身邊打轉，對別人逞兇鬥狠，她太了解他了，只聳聳肩。

「不，我比較想跟……奧斯卡處一陣子。」

男孩驟然變臉。

「藥丸？妳今天早上跟藥丸在一起？」

她點頭，露出一絲微笑，假裝左顧右盼，彷彿出現了什麼很不一樣的東西，引開了她的注意。摩斯擋在她面前，鼓起胸膛。

「呃……你們做了什麼？」

他刻意冷嘲熱諷。

「對吼，他那麼沒用，五分鐘後應該就覺得無聊了吧！不過，如果妳喜歡這樣……」

他假裝準備離開，不過蒂拉比他更會捉弄人，甚至不做個樣子留住他，只耐住性子等他回來。結果她並沒有等多久。

「不過，妳還是說說吧！」摩斯改變了心意。「至少，妳是個有意思的人。」他刻意奉承她。「藥丸是個討厭鬼，不過，如果由妳來說，或許聽起來還不錯。」

「喔，沒什麼，只是……」

「只是怎樣？」摩斯焦躁地問。

「他遠不像你說的那麼沒用。」

「妳為什麼會這麼說？」

「因為他做了一些……你應該做不到的事。」

「比方說，像是什麼？」摩斯握緊雙拳。

「噢，我也不知道……忘掉這些，好嗎？」

她的目光四處尋找姊妹淘們。摩斯抓住她的胳臂，用力握緊。

「喂！你弄痛我了！」蒂拉尖叫。

「他做了什麼？！」摩斯又問一次，這一回，女孩說什麼，他完全不痛不癢。

她接觸到他的目光。她不再試圖招蜂引蝶，摩斯也沒那個心情陪她玩。他們不再玩那個遊戲，兩人都露出原形：強硬而堅決。

她明白自己不可能占上風，所以不反抗。

「他比你強大得多。」她衝著他喊，領略無比的快感。「你猜不到吧？我看見他像變魔術一樣消失無蹤！」

摩斯深感興味，放開了她。

「什麼？『消失』？這有什麼了不起？」他輕蔑地評論，「聽妳在胡說八道！」

「他脖子上掛了一條項鍊，舉起鍊墜往前伸，就這麼不見了！」蒂拉狠狠反駁，自信十足。

「有些事不是因為你不會別人就不會……」

摩斯瞇起眼睛。蒂拉不知道自己剛才描述了施行體內入侵術的情況。她怎麼會看見呢？她對醫族知道多少？是藥丸說出去的嗎？即使是他這樣不肯聽任何人命令的人——除了他父親以外，也不得不服從這項要求：謹守醫族的秘密，不對任何人說，絕不拿自己的能力當藉口。他其實並不訝異：既然維塔力．藥丸是個叛徒，他的兒子也不會好到哪裡去。

「在哪裡？」

蒂拉流下幾滴疼痛與憤恨交集的眼淚。

「我剛才講過：你弄痛我了！」她嬌嗔抱怨。

「妳在哪裡看到他……做那件事的？」摩斯毫不留情，重重咆哮：「什麼時候？」

「在雪灣！今天早上！我早就說了！放開我！馬上放開我，要不然我就大叫！」

他稍微抬起又大又長的手指。她迅速掙脫，跑著離開。

等跑出幾公尺之後，她才轉過身來，眼中充滿怒火。

「最沒用的人，當然就是你！我想，我認為吉米．貝特斯還比較好！」

她對自己最後這招殺手鐧十分滿意，大笑著離去。

她說了些什麼，摩斯根本連聽都沒去聽：他所有的注意力都集中在藥丸身上。所以，當所有人都準備十點鐘去庫密德斯會集合的時候，這個藥丸竟然作弊，比其他人早到，提前出發，去尋找另外半項戰利品。假如真是這樣，他一定要全力防堵其他人耍相同的手段。當然，摩斯在意的並不是其他人，而是他自己：為了達到目的，他不惜犧牲所有人，而奧斯卡則是一個潛在的阻礙。

他看看手錶：九點十五分。動作快一點，或許還有機會追趕上進度。

至於庫密德斯會的正式集合，警報都已經響起了，誰還管他那麼多，一分一秒都不能浪費。藥丸將為自己的行為感到後悔。

對那些在稍遠的地方等他的小混混們，他瞧也沒瞧一眼，直接奔向他爸爸的豪華禮車：早在一個多小時前，車就停在公園旁的大道上等候。

阿力斯特遲到了，像陣旋風似地衝進庫密德斯會。摩斯和藥丸都不在。雪莉告訴他，小藥丸前一天晚上打過電話：他生病了，今天不能來。

「那摩斯呢？」

「沒有任何消息。」廚娘回答，語氣中透露某種程度的滿意，彷彿覺得摩斯不在她比較舒服。

伊莉絲向前一步，雙臂交叉抱胸，像法官一樣剛正不阿。

「算他們倒楣。反正，我們的體內入侵絕不能因此延期。我們還是一樣要去！」

阿力斯特對艾登．史賓瑟和莎莉．邦克比了個友善的小手勢，然後把三個孩子往門口推。傑利早已把車準備好，站在車前等了好一陣子。

年輕長老把所有人推入車裡，自己也坐上副駕駛座，這時，卻聽見大長老沙啞低沉的聲音在背後響起。

布拉佛先生站在迎賓梯的平台上。

「阿力斯特，您人數都齊了嗎？有五名醫族少年應該上陣，我卻似乎只看見三位。」

「藥丸和摩斯沒來。」

布拉佛先生皺起眉頭。團隊中互不順眼的兩個死對頭同時缺席，他一點也不認為是好事。

「沒來？為什麼？」

「藥丸好像生病了。至於摩斯，完全不知道，他沒通知任何人。」

雪莉在屋裡的玄關大廳側耳旁聽，撫平圍裙，走到大長老身邊。

「他昨天打電話來了，可憐的小傢伙，我擔心得血壓都升高了。您想想，他那個孩子……」

廚娘漫無邊際地講述她對奧斯卡的所有關懷：他的胃口，他的脆弱敏感和他生活的方式，但沒有人把她的話當一回事：像現在，布拉佛先生就習慣性地把這些當成耳邊風。

「我能走了嗎？」阿力斯特顯得比平時還焦躁：「您認識雷歐尼老先生，要是遲到了，那可是國家大事級的嚴重。」

溫斯頓．布拉佛微笑表示同意。雪莉則仍滔滔不絕地說個沒完。

「……所以，您了解吧，先生，我常懷疑這孩子肚子餓的時候究竟有沒有吃東西，因為，要不然，他沒有理由會生病才對，而且……」

他把大手按在廚娘的胳臂上，打斷她的話。

「您看見他了嗎？他來過這裡？」

「沒有，他只打了電話。不過……」

「謝謝您講得這麼仔細，雪莉。」溫斯頓．布拉佛插話，感到有些不對勁。「我會把他的健康狀況轉告給您，您就別擔心了。」

他目送車輛離去，然後快步前往書房。

傑利差一點就打破市區高速駕駛的世界紀錄：不到十五分鐘，他們就已停在雷歐尼家前面。年輕長老簡直是用丟的把孩子們趕下車。伊莉絲站在傑利搖下的車窗前，搖晃著食指，大肆批評他剛才的駕駛行為。

「您開得實在太不小心了！我都記下了：您闖了兩個紅燈！」

司機懶得回應，只把車窗搖上。

「至少這一次，」容易暈車的艾登說：「她沒說錯。」

大家都跟在阿力斯特後面，站在門檻前等候。

阿力斯特按了一次門鈴，過了一會兒，又按第二次。當連第三次嘗試也無效，他決定冒著踩斷一、兩株小草和被屋主臭罵的危險，繞到屋子後面看看。他總算來到客廳窗前，湊近過去，雙手圍在眼睛旁邊擋住玻璃上的反光。這時，他發現雷歐尼癱坐在沙發裡的身影。他輕輕敲了敲窗戶，接著稍微用力些，最後終於直接用拳頭拍打。這時，他看見老人家艱難地從扶手上舉起一隻手，任憑某樣東西滑落地上。只聽一聲玻璃破碎。

這下子，阿力斯特不再有閒工夫注意草坪的狀態，以最快的速度衝回門口。他宛如龍捲風似地衝進玄關，直達客廳，孩子們緊跟在後，既好奇又擔憂。

可憐的雷歐尼一身大汗地倒在沙發上，手摀住心臟，面容因絞痛而抽搐。她的嘴唇發青，用盡所有努力也難以呼吸。他張開嘴，說了幾個難以聽辨的字。阿力斯特扶他坐起身，他似乎好過些了。

「你們……鞋……小……毯……」

「您在說什麼啊？雷歐尼？慢慢來，先深呼吸，然後告訴我們您發生了甚麼事？」

「你們……你們……」

「我們怎樣？」阿力斯特等不及了，人已衝到電話旁邊，準備叫輛救護車。

「你們……鞋子……在……我……地毯！」雷歐尼聲嘶力竭地喊。

阿力斯特翻了個大白眼。

「離開之前，我們會用吸塵器把地板清理乾淨，保證！不過，到底發生了什麼事？您能說話嗎？」

「我……的……藥……」

阿力斯特隨著他手指微弱的動作望去，發現桌上的藥盒。他拿起盒子，檢查裡面的藥：早上那一份還在。

「雷歐尼！您今天還沒吃藥！」

雷歐尼點頭承認。

「那些孩子，」他氣喘吁吁地辯解：「他們……他們……那麼早……就來了……我……需要……放鬆……一下……」

「孩子？哪些孩子？什麼時候？」

「今天……早上……藥丸……還有……紅頭髮的……小女孩……和……胖嘟嘟的……男孩……黃皮膚的……」

他花了好幾秒鐘猛力呼吸，然後繼續：

「五顏……六色……的……醫族……什麼玩意兒！你們……沒……東西……好……發明……了嗎？！」

「今天早上？」艾登插嘴，一臉驚愕：「奧斯卡帶著瓦倫緹娜和勞倫斯來了這裡？」

「冷靜點，雷歐尼，您現在不適合激動。我們還是打個電話給費奇醫生比較好。在那之前，請您先慢慢呼吸，告訴我們藥丸和他的朋友們想做什麼！」

「去他的！」雷歐尼怎麼樣都要大吼，彷彿不怒氣沖沖地，他已經不知道該怎麼說話。「跟你們……一……樣……一樣！」

莎莉從廚房回來，拿了一杯水，遞給阿力斯特。年輕長老把藥片放在病人手掌中，強制他服用吞下。所有人靜靜等候了一會兒，直到雷歐尼看起來已能開口解釋。

「您剛才想說什麼？」阿力斯特追問。

「自己想想！」老先生回嗆，一邊皺著眉頭把水杯推開，彷彿被迫喝下了一整杯漂白水或魚肝油似的。「他們想……進去！」

「進到您的身體裡？」莎莉問。

「重點是，竟然搶在我前面！」伊莉絲目瞪口呆，嚷了起來：「不可能！他們沒那麼大膽！」

「你們都閉嘴！」阿力斯特喝令。「但是他們後來去哪裡了？」

「您覺得他們會去哪裡？」老先生回應，聲音聽起來疲累不堪：「他們對我說……他們比你們早到了一點……就是這樣！所以……」

他的胸口又一陣疼痛，不得不先閉嘴。

阿力斯特站起身，面無血色，轉身對三個孩子說：

「你們留在這裡別動，聽見了嗎？馬上打電話給費奇醫生，而我，我得出發去把你們的同伴找回來。」

「我們會留在這裡陪您，史密斯先生。」艾登附議。「直到您的醫生抵達。」

「我的醫生？完全沒用的傢伙！根本不需要他……我已經好多了。」

艾登和莎莉朝雷歐尼瞄了一眼：他的狀況沒有惡化，但也不見徹底好轉。奧斯卡、瓦倫緹娜和勞倫斯情勢不妙，非常糟糕。

「這一次，雷歐尼，請您別再爭論。」阿力斯特強勢地說。「醫生必須過來，而那之前，我要試著解決問題。您很快就會感到比較舒服。」

他拿出鍊墜，最後不惜多費唇舌再強調一次他的意見：

「你們別亂跑，我很快就回來。」

不等孩子們點頭答應，阿力斯特已匆忙趕往雷歐尼・史密斯的第二國度。

慢一分鐘也不行

展開披風之後，阿力斯特站在可洛娜宮殿的大廳內。

遠處，處處響起吶喊吼叫；雜沓的腳步聲蓋過宮殿的鼓動，彷彿有大批軍隊正在行動。他走到某個開口附近：外面，幫浦海域的海底，呈現一片難以言喻的驚慌混亂。幾千艘紅牛艇往出口狂奔，毫無秩序；普羅特因漫無目的地閒逛，海水變成令人怵目驚心的暗黑色，充滿從其他小宇宙漂來的所有東西。在雷歐尼的體內，因為第二國度，也就是心臟，運作失常，各地人民都深受缺氧之苦。這個國度連續兩次陷入完全漆黑，雷歐尼的心跳不規律，而且沒效率。警報大鳴，蓋過可洛娜群眾的叫喊。

阿力斯特急忙跑向大樓梯，跨著大步往上爬，卻很快就停了下來：最高的那一階上，密特拉女王昂然挺立，傲氣逼人。

他深深一鞠躬。

「女王陛下，請原諒我濫用了您向來保留給醫族的慷慨接待，並且未事先通知即擅自闖入此處。」

他正準備繼續說下去，眼前看見的景象卻讓他語塞無言：一大團紅士兵如雲霧般衝下階梯。背後的聲響惹他注意，他轉過身去：幾十個人占滿大廳，全部朝一個明確的目標靠攏：就是他自己！

他驚愕地抬頭望向女王。密特拉的臉宛如大理石一般，但肌肉不時抽搐，而且竟然緊握起雙拳。阿力斯特感覺得出來：她努力壓制著一股恐怖的怒氣。

士兵們朝他揮舞武器，兩名巨噬細胞展開他們長達好幾公里的手臂，將阿力斯特團團包圍綑綁。

「陛下，這是……」

「**閉嘴！阿力斯特．麥庫雷！**」女王高聲喝令，語氣中充滿憤怒。「您好大的膽子！竟然敢再次回到這裡來？！」

「但是……」

「不，我什麼都不想聽，**什麼都不必說！**一直以來，我總是為您敞開大門，全心信任您，而您卻背叛我！」

阿力斯特宛如墜入迷霧，驚愕不已：女王的指控，他一個字也聽不懂，也完全無法理解。叛徒？他？他做了什麼？為什麼要遭受這麼嚴重且不公平的指責？他試圖為自己辯解，雖然長臂觸手已經勒得他快斷氣。

「夫人，一定是哪裡弄錯了，我從來不曾背叛您！不知道為什麼要這樣指控我……」

密特拉威嚴地抬手制止。

「別讓我相信許多人所認為的事：您真的繼承了您父親的瘋病？您很清楚我在說什麼：您剛

剛才犯下天大的罪行，手指應該還被我的權杖燙得灼痛！怎麼可能忘記？！」

阿力斯特臉色慘白，幾乎崩潰。

「您的……權杖？我拿了您的權杖？我？」

「搜他的身！」女王下令。

她古怪的年輕顧問，羅曼諾，從她背後現身，走下樓梯，仔細搜查阿力斯特，一無所獲。

「什麼都沒有，女王陛下。權杖不在他身上。」

「我都說了：我什麼也沒偷！」性格激動的阿力斯特火冒三丈，很快就失去耐性。「這太荒謬了！」

女王本人也親自下樓，憤怒的目光始終緊盯阿力斯特。當她走到距他幾階的上方，看起來非常高高在上，她開口用較和緩的語氣說：

「您說，荒謬？沒錯，因為，我們都已經當場抓到您犯案，而您竟然還能矢口否認最明顯的事實。我倒想看看，我們兩邊究竟誰比較荒謬！把他帶走！」

當士兵們解開緊綑在他身上的強力觸手，阿力斯特癱倒在地，幾乎喘不過氣。幫浦國女王這座神祕宮殿彷彿永遠走不完，穿越途中，他以為自己就要斷氣身亡。

他環顧四周：現在，他置身一座高台，位於一顆巨大紅色玻璃球體的正中央。玻璃外面被海洋包圍；而在很遠的地方，紅色海面的上方，太陽高掛天頂。他們一定是來到了宮殿最高處，一個阿力斯特從未踏足的地方。

包圍著他的衛兵們扯掉他的披風，然後散開。女王在羅曼諾的陪同下走過來。

密特拉舉起手，面前出現一塊透明面板，懸浮在半空中。她輕觸螢幕，地上冒出一架升降機，將阿力斯特所在的平台猛然升高。醫族長老抬起頭，還來不及弄清楚發生了什麼事，已被關進一根掛在球體頂端的玻璃圓柱，距離地面約有十公尺。他拍打壁面，只聽見羅曼諾的聲音從圓柱內的擴音器傳來：

「麥庫雷先生，掙扎是沒有用的。這根大管子的玻璃能抵抗任何敲擊，就連您鍊墜的光束也打不破。」

密特拉的心腹走上前來。在球體的紅光之下，他的頭頂，慘灰的青色，光滑至極，映出駭人的黯淡反光。

「您看。」他指著附近的海底深處，聲音微弱得幾乎聽不見：「這裡是著名的幫浦深穴，就在宮殿後方。這個洞穴吸取海底的王國之血，再從出口噴湧，推送到我們這個小宇宙以外的地方。少了它，跨界大水網將不再流動，別的地方也一樣。大小河川，海潮，雷歐尼體內的一切都將停止，您是知道的。」

「夠了，羅曼諾！麥庫雷，好好觀察洞穴。」老女王喝令。

年輕長老服從指令。宛如深藏在海底岩洞中的火山口，在不斷擴散到整個王國的搏跳鼓動下，幫浦深穴一下收縮，一下舒張。然而，偶爾，洞穴會突然顛振，彷彿動作出錯，沒時間舒張，就直接進行下一次的收縮。於是，洞口噴出的海水非常稀少……

「洞穴的運作很糟。」女王坦承。「雷歐尼的心跳很不規律，他的幫浦深穴隨著歲月衰弱，在那裡日夜工作的工人們健康不佳。我猜，他經常沒有按時服藥治療。」

又一陣警報響起。羅曼諾插話：

「是可洛娜南方運輸網所發出的警告，陛下。那裡的運輸道堵住了，無法再將醣分和氧氣送達深穴。工人們已筋疲力盡，有些人甚至有生命危險。」

「雷歐尼沒吃藥？」

「有，但是遲了。黑帕托利亞派來的使者剛宣布：藥物已經用貨輪裝運，上路航行大水網，不過要等一、兩個小時才會到。在那之前，必須先找到方法疏通運輸道。」

密特拉花了幾秒鐘考慮。擔憂的臉上，皺紋更加深了些。

「先把雷歐尼的體能活動降到最低。派遣使者去賽瑞布拉，必須引發疼痛和疲倦的感覺。同時減輕洞穴工人的工作。」

羅曼諾聽令行禮，轉身對兩個手下使了個眼神，他們立即出發。女王抬起頭，再度對蹲在半空玻璃牢裡的阿力斯特發話。

「你們的大長老曾介入採取了好幾次行動。」她說，「由雷歐尼的兒子協助，利用各種珍貴的醫族武器拯救老先生，我的王國與子民也得以倖存。我對他充滿感激。因此，我允許貴族的成員進入幫浦國，麥庫雷先生。」女王最後用責備的口吻說。

她繞著玻璃圓柱轉。

「我甚至特許你們醫族能使用我的權杖，進入深穴，況且……而今天，您卻背叛了我！」最後幾個字，她直接用吼的，骨瘦如柴的長手臂激動揮舞，眼睛彷彿能噴出火來，長得沒有盡頭的白髮在身側狂飛，宛如一朵咄咄逼人的雲。

阿力斯特兩隻拳頭掄打玻璃，無力而絕望。

「但我都已經說了：我沒做任何對您有害的事！」

「夠了！」女王高喊：「我要拿回權杖，必須立即找到它。而既然您堅決否認參與偷竊……」

兩道螺旋梯升起，直到圓柱的高度。得到女王點頭指示後，羅曼諾走上右邊的樓梯，爬到最頂端。

「這座圓柱對我來說非常珍貴。」女王說明，「您知道它有什麼功能嗎？」

可以的話，阿力斯特實在很想回答說這是他現在最不在意的事情，不過，他的處境極為不利，不可貿然更進一步刺激密特拉。於是，他只搖搖頭。

「它能讓我從外部掌握深穴的運作狀態。抬頭看看，您可以看見圓柱頂端那兩顆紅心抵在球體天頂上。」

「我看見了。」阿力斯特回應，對自己的命運感到愈來愈不安。

「一顆心能讓海水進入禁錮您的圓柱，另一顆心則相反，能把水抽出去。因此，如果洞穴狀態不佳，汲水不力，並無法噴推到王國外，我就可以從圓柱的水位觀察得知。」

她轉身對羅曼諾說：

「我們示範給麥庫雷先生看看吧？」

羅曼諾按下右邊那顆心，海水從圓柱頂端噴出，從頭淋在阿力斯特身上。他緊緊貼著壁面。

女王的心腹下樓，爬上左邊的樓梯，到了最高那一階上，按下左邊那顆心。本來淹到阿力斯特腳邊的熱水立刻被汲出一部分。雷歐尼的心臟每跳動一下，水就從圓柱頂端噴出，然後排掉一部分。

不過，正如密特拉事先說明的，幫浦之穴病了，效能不彰：進來的水比出去的多，圓柱的水位緩慢但持續地上升。

女王的聲音在阿力斯特的牢房裡迴盪，噴灑在他身上的水有多熱，她的語氣就有多冰冷。

「我不知道您的頭還能浮出水面多久，阿力斯特。您該期望洞穴的汲取功能獲得改善，小偷快把權杖還給我，否則就太遲了。」

她走向圓柱，話語響震整座球體。

「一個小時。」密特拉威脅：「我一個小時之後回來。假如奇蹟出現，您還活著，而珍貴的權杖尚未還到我手上，羅曼諾將把左邊那顆心熄掉，停止汲水功能，幾分鐘內您就會淹死。」

「陛下！」阿力斯特哀求：「權杖遺失真的不是我做的，請相信我！」

「那麼就是您的共犯做的。」女王斷然定論。「祈禱他福至心靈，把偷走的東西原封不動地奉還，而且要快。」

密特拉轉過身去，修長的血紅身影消失在緊跟在後的兩排士兵之間。

幾秒鐘後，這個地獄中僅剩阿力斯特孤獨一人。

怎麼脫困呢？他被囚禁在懸掛在該死球體頂端的玻璃管內，滾燙的水已經淹到腳踝。只有被他留在雷歐尼家的那幾個孩子知道他進入了老先生體內，但他又命令他們不准亂跑，等他回去。總而言之，也沒有人能在宮殿最高，或許也是最隱密的這個地方找到他。他在這裡沒有任何盟友，因為，所有人都跟女王一樣，認定是他奪取了密特拉權杖。究竟是誰幹的好事？那一瞬間，小藥丸的面孔浮現在他腦海。不，不可能是他。他偷這樣東西做什麼？關於權杖……和權杖的力量，他知道些什麼？另一方面，還有誰曾經來過這裡？他想起被抓之時，女王所說的話：「別讓我相信您真的繼承了您父親的瘋病。」

萬一大家都說對了呢？萬一他也一樣，失去了記憶，真的犯下了被指控的那項罪行？他搖搖頭，幾乎忘了現在的處境。不！不！那不是真的！他在心裡吶喊。

海水把他從那些灰暗的念頭拉出來：熱騰騰的紅水噴濺他的小腿。阿力斯特決定把疑問先放在一邊，專注在優先緊急的事情上：活下去，最好能逃離這裡。他拿出鍊墜，伸向壁面。光束擊打玻璃……隨即在管內強烈反彈。阿力斯特在千鈞一髮之際蹲下閃過。他撫摸壁面：沒有一絲刮痕。羅曼諾說的沒錯：金字母的鋒利光束對這根圓柱起不了作用。

他大概是出不去了。

「他已經出發半個小時了。」艾登看了客廳的掛鐘一眼。

「我還覺得已經過了好幾個鐘頭了呢！」莎莉誇張地強調，像困在籠中的獅子一般，來回踱步。

伊莉絲雙臂交叉，瞪著他們。

「一想到我們早就該在裡面了！甚至，說不定都拿到另一半戰利品了呢！我真的很生氣。」

莎莉的情緒已經夠煩了，聞言直視她的眼睛：

「妳真的很生氣，我們真的很遺憾。」

伊莉絲只聳聳肩，繼續站在客廳中央。

艾登走到雷歐尼身邊。

「你覺得……他是不是睡著了？」

莎莉猶豫了一下，終於還是粗魯地拍了拍雷歐尼的手臂。他發出一聲細微的嘆息，睜開一隻眼睛。

「喔，對，他睡著了。」少女證實。「應該說，他剛剛是睡著的。」

雷歐尼環顧四周，彷彿剛降落到一個陌生的星球上。

「這是怎麼了？發生了什麼事？你們是誰？小水手，快上甲板！」

「冷靜一點，史密斯先生，是我們啊！您認識的，麥庫雷先生的醫族少年隊……」

「麥庫雷！」雷歐尼大喊，恢復了意識。「他在哪裡？快找到他，快找到他！他必須回來，夠了，我不要再讓任何人進入我的體內了，聽懂了嗎？我再也不想要了！我禁止你們這麼做！我……」

他閉上嘴，胸口再度一陣劇痛。

「我想吐。」他說，仰頭靠在椅背上。

「您以為是怎樣？」伊莉絲回嗆他：「要是知道他躲在哪裡，人家早就命令他回來了！總之，要是我的話，我就會下令！」

莎莉把她推到客廳最裡面。

「妳要下令去跟鋼琴下吧！這裡就由我們來，好嗎？」

艾登正在試圖安撫雷歐尼，她過去幫他。

「嘿！史密斯先生，假如您要繼續這樣激動下去，我們就打電話請費奇醫生過來，他會給您打好大一針，讓您鎮靜。您等著看，那很有效。」

「不！別叫那個沒用的傢伙來！千萬不要！」

「好吧！」莎莉跟他講條件：「不叫他來，您就乖乖在沙發上休息。」

她對他伸出手。雷歐尼斜眼睨看她，猶豫了一下，彷彿有千斤重似地抬起手，跟少女擊掌。

「好賊喔！」艾登說。「就像人家說的：不費吹灰之力！但是阿力斯特有請我們打電話給他的醫生。」男孩低聲補上一句，「而且妳還跟我說妳會打！原來是騙我的！」

「他已經吃了藥，沒有危險了！再說，誰知道那個醫生又要給他吞什麼下去……誰知道那玩意兒會在他體內引發什麼反應，阿力斯特和奧斯卡可還在裡面耶！」

艾登嘆了口氣，只好讓步。

「唉！好吧！先讓他睡著，不過……」

「不過什麼？」

「不過我們也該上路了！」艾登脫口而出：「我們總不能一整天在這裡等他們回來，不是嗎？一直沒有他們的消息，或許他們需要我們！」

「總算！」莎莉開心地說：「我正覺得自己快在這間屋子裡生根了呢！上路！」她說，一面拿出鍊墜。「但是要怎麼在那裡找到他們？」

艾登轉過身，在周圍搜尋起來。沒過多久，他就在雷歐尼的完美無瑕的外套上找到他要找的東西：一根頭髮。

「這根頭髮又長又捲又亂翹：一定是阿力斯特的頭髮。只要把它黏在我們的鍊墜上，就能精準地在他所在的地方著陸！」

「你是怎麼知道這個的？」

「我自己也吃了一驚。」艾登坦承：「是我爸告訴我的。」

「嘿！」莎莉親切地朝艾登背上拍了一下，差點把他一片肺葉拍了出來。「其實你沒有看起來那麼呆嘛！好，這次，我們準備出發了！」

「想、都、別、想！」一個威嚴的聲音從他們背後響起。

兩人轉過身去：伊莉絲已經靠過來，而且全都聽見了。

「你們沒聽見麥庫雷先生說嗎？我們不該離開這裡。而且，他不在的時候，我自願取代他。而我**禁止**你們出發！」

狀況有點棘手，但莎莉還是忍不住笑了出來。

「妳會不會數到十？」恢復正經之後，她問。

「呸……」伊莉絲只朝天翻了個大白眼。

「那麼，就這樣：妳從一數到十，數完之後，我們已經不在了。如果妳想來就一起來，要不然，妳就乖乖等在這裡，我們會把阿力斯特送回來，讓妳跟他解釋說妳取代了他的位子。好嗎？」

艾登已經展開披風，拿出鍊墜；莎莉也一樣。

「你們會有麻煩的，我先警告你們！」伊莉絲威脅：「你們應該……」

莎莉和艾登改變了主意：不等她數完十秒，甚至不等她把話說完，他們便對準雷歐尼的心臟衝出去。

搏跳之室

奧斯卡、瓦倫緹娜和勞倫斯已經一路不停地在隧道裡走了不只十五分鐘。雖然時常要抬頭，望望透明的屋頂，但三人的眼睛都互相盯著彼此，確保大家仍在沙地邊緣。很奇怪地，他們愈往前進，敲出王國生命節奏的搏跳變得愈來愈強，砰砰，砰砰，砰砰的聲響充斥整條通道。不久後，他們感到隧道逐漸上升，終於冒出幫浦國海底的沙地。

他們停下腳步，困惑迷惘：他們剛來到一條狹長的透明密室，一個長方形的空間，三面玻璃牆，而第四面石牆則連結隧道的出口。幫浦國海底的景色令人嘆為觀止。就在他們眼前，一座巨大的陡谷在海底形成驚險萬分的懸崖峭壁。三個孩子繞了這個空間一圈，踏踏地面，摸摸石牆，探觸隧道出口周圍，卻一無所獲：除了入口以外，沒有任何其他開口。

「什麼？就這樣？我們來這裡總不是為了觀賞水族箱！」

平時一派冷靜的勞倫斯破口大罵，重重一拳擊打在玻璃牆面上。

他氣沖沖地轉身質問奧斯卡：

「阿力斯特為什麼要強迫你到這裡來？很顯然的，那傢伙有問題……」

「你過來。」奧斯卡回應，臉緊貼在玻璃上。

瓦倫緹娜模仿他，本來張嘴準備發飆的她卻一個字也說不出來——這跟勞倫斯大發雷霆一樣是鮮見的例外。三人立定在海底峽谷前方，無法動彈——中央的黝黑洞穴隨著心跳的博動一開一合。

「幫浦深穴。」勞倫斯終於發出聲音：「所以，就是它……」

瓦倫緹娜從沉思中醒來。

「確實很厲害沒錯，但它沒給我們多少關於綠寶石板的線索——容我提醒你們：我們來這裡是為了那塊石板。」

奧斯卡也專注思考了他們此行的目的。他回想阿力斯特的態度：這一次，長老依舊冷漠疏遠，但非常堅持要他奪取權杖，並要娜娜、勞勞和他進入隧道，來到這裡。這不可能沒有任何含意……沿著漆黑的壁面前進時，他們三人時常抬頭仰望，是不是錯過了什麼？奧斯卡背靠在隧道出口附近的牆上，把玩著手上的權杖。他一時間想不出辦法，而兩位好友顯然也沒有什麼好主意。

勞倫斯轉身看他，攤開雙手，表示無能為力。

「很抱歉，除了跟經過的紅牛潛艇打招呼以外，我實在不知道我們在這裡能做什麼……」

奧斯卡不願就此放棄。他煩躁不安，無意識地跟著鼓聲一般的心跳節奏，用權杖底端敲打石壁。

「奧斯卡！」瓦倫緹娜驚呼，在他面前抽搐似地手舞足蹈。

「幹嘛？」他問，站直身子。

「不！」女孩大叫：「繼續啊！」

「可是……繼續幹嘛？我什麼也沒做啊？完全不懂……」

「用權杖敲牆。」勞倫斯簡單明瞭地說，露出開心的笑容，眼睛也亮了起來。「用權杖敲打牆壁！」

奧斯卡不敢亂動，背脊貼在冰涼的石壁上，用權杖尖端重新開始機械化的敲擊動作。

「你看！」瓦倫緹娜指著醫族少年周圍的牆壁喊。

奧斯卡抬起目光：權杖接觸牆面時，一個亮點就從地面射出一線紅光，每敲一下就稍微往上一點。奧斯卡想加快揮動的速度。

「不！照著雷歐尼的心跳節奏敲打，別趕拍！」勞倫斯建議，雖然他自己也急得不得了。

紅線變得複雜起來，扭曲糾纏，畫出許多渦旋，很奇妙地，與女王寶座上的木頭雕飾極為相似。不久後，點線在牆上隱隱顯現一扇門。輪廓完整成形後，權杖的敲擊所增添的只有紅光的亮度。

勞倫斯檢視這圈輪廓的大小細節，尋找開門的線索，卻一無所獲。

「什麼也看不出來。」他失望地承認。

「你要不要敲得更大力點，看能不能敲出一個門把？」瓦倫緹娜問。

奧斯卡自己也很焦急。

「好，」他推論，但背部不敢離開牆壁，只怕一切心血就此化為烏有：「一定有什麼方法可以讓這根權杖把這扇該死的門打開。你們看，它甚至顯示在門框上。」他指著紅線畫在門框旁的一個長條形狀說。

勞倫斯擦了擦眼鏡，湊上前去看。

「勞倫斯！」奧斯卡生氣地斥責：「我要提醒你多少次才夠啊？那是醫族的披風，不是你的眼鏡布！」

「啊！對不起，畢竟比起其他東西，用它擦眼鏡最乾淨嘛！好了，你在哪裡看到權杖？喔！這個圖案啊……感覺上比較像一條蛇……」

「不，我不覺得。」醫族少年堅稱。「就連這兩顆寶石也畫在上面。」他說，並把權杖貼在圖案上，方便清楚對照。「一定是用……」

奧斯卡來不及把話說完：就在權杖與圖案重疊時，牆面陷入門框，往內旋轉，奧斯卡瞬間掉到另一面。勞倫斯和瓦倫緹娜驚嚇錯愕，連忙衝到牆邊，不停敲打：

「奧斯卡！奧斯卡！聽得見嗎？」

但他們得到的回應只有心跳聲，一成不變的心跳。兩個體內世界的孩子互望了一眼：石壁上的門框已了無痕跡，而他們的好友，簡直就是被牆壁吞沒了，完全沒有回應。

他就這樣消失無蹤。

奧斯卡靠在牆板上，屏住呼吸。

他陷進一片漆黑，僅見一圈朦朧的亮光，在遙遠的地方。他用權杖底端碰觸牆面，發現自己位在一條拱型長廊內，只比門寬一點點。眼睛逐漸適應了黑暗，他決定闖闖這條鑿在岩壁內的窄廊，往看起來愈來愈清楚的那個光源前進。在這裡，心跳的搏動宛如爆炸聲那般響亮，延伸到各牆面，彷彿地震。

廊道蜿蜒，經過一段似乎沒有終點的步行後，他踏進了一座地底廳室，什麼也看不見。他睜大眼睛，驚訝這樣奇怪的地方竟藏在海底，鑿於地裡，深埋沙下。大廳中央燃著一個大火堆，熱力傳導到石壁上；熊熊火焰的紅光在牆上舞動，奧斯卡發現這座廳跟密特拉宮殿的形狀格局一模一樣：橢圓，頂端兩彎弧起——基本上，就像一個平放的心型。

奧斯卡試著忽略震耳欲聾的心跳，那巨響每秒劃破此處的完美寂靜。他也試著想望穿長長的火舌，辨識出點什麼：感覺上好像有東西在動。他伸手摸摸腰間，確認武器工具包好好地掛在腰帶上，然後開始繞著火堆走。他汗水淋漓，而那並不僅是高溫酷熱的關係……

繞圈一半，他停下腳步：展現在面前的景觀令他目瞪口呆。

岩石上鑿了一道階梯，直攀而上，通往一面懸在頂部的大石盤。岩盤上站著一個男人。那個人已有一把年紀，打赤膊，下半身穿著一條又緊又小又破的紅色絨褲，似乎是他年輕時的衣物。一條處處裂開的寬腰帶艱難地撐住他又圓又緥的大肚腩，那張面孔對醫族少年來說倒是一點兒也不陌生：與雷歐尼就像是一個模子刻出來的。

男人站著，駝著背，兩手握住一支巨大的鼓棒，頂端纏著更大的毛線球。他用這支大鼓槌輪流敲擊兩面銅盤。這兩面銅盤也一樣，懸掛在基座的兩側，左一下，右一下，一秒接一秒，沒完沒了。

砰砰。砰砰。砰砰。

奧斯卡沒有躲起來，就這麼看著他，忘了自己的出現對這位神祕的主人而言，可能是件奇怪，甚至危險的事。

所以，就是這裡了，大名鼎鼎的搏跳之室。

上啟蒙課程時，魏特斯夫人和阿力斯特都曾跟他提過，書本裡也有記載，不過次數極少，而且隱晦如謎，似乎是一個神聖禁忌之處。如今，奧斯卡進來了，才恍然大悟這個地方所代表的意義：一個人的生命精華都凝聚在這裡，就在這座廳室的深處，一個小宇宙的最底部，活力與永恆之火的高熱中，在終其一生敲擊兩面鑼鼓那人的雙手裡。這時，他心想：如果，那塊據說能起死回生的綠寶石板真的存在某處，那一定就藏在這裡。

男人聲音嚇了他一跳。

「你是誰，年輕人？」

「日安，我叫奧斯卡．藥丸……那您呢？您又是誰？」

男人不停地揮動鼓槌，大發雷霆。

「你闖入搏跳之室，這裡是我的地盤，而你竟敢把我當成外來者一般質問？好一個無禮之徒！」

奧斯卡差一點笑出來：毫無疑問，這的確是雷歐尼本人沒錯……

「無禮先生，我的名字是托雷爾。我是生命鑼鼓的第一名敲擊手。我的三個兄弟在那裡：弗萊克、阿孝夫和田原。」

他抬抬下巴，指著廳內深處的一個角落，那裡照不到光也不受火堆的高熱波及。奧斯卡朝那個方向靠近：三個男人躺在行軍床上，鼾聲大作，個個長得跟托雷爾一模一樣。

「我們採輪班制。」托雷爾解釋：「每兩小時換一次班。要不然，年紀愈來愈大，手臂哪受得了……尤其是藥物沒能及時送達的時候。不過，真是奇怪了！我幹嘛跟一個像你這樣的小毛頭說這些！」老先生氣沖沖地嚷起來，垂下鼓棒，雙手握拳插腰。

火堆霹啪作響，火勢減弱。

「呃……托雷爾先生……鑼鼓！心跳！」奧斯卡緊張擔憂。

男人嚇了一跳，連忙重新左敲又打，找回穩定的節奏。

「現在，你快滾開！」托雷爾咆哮，「你明明看見了：你在這裡會害我分心！會害雷歐尼發生期外收縮！」

「發生什麼？」

「心臟突然驚跳，就像剛才那樣！好了，快滾！」

奧斯卡怎能甘心就此離開：他長途跋涉，在第二國度冒險犯難，就是為了某樣東西，只為那樣東西。他覺得離它已經非常近，唾手可得，沒拿到，他絕不走。

「我只想問……」

「**我說了：快滾開！**」托雷爾怒吼。

奧斯卡轉頭看那幾個擊鼓兄弟；其中兩人翻了個身，繼續熟睡。如果拖雷爾繼續大吼，遲早會吵醒他們，而他們的雙手可是空著的，趕他出去不是問題，那麼，醫族少年就非得把綠寶石板一筆勾銷，徹底忘記不可了……他假裝要走，繞過火堆，托雷爾則閉上眼睛，繼續他一輩子的任務：敲擊鑼鼓，打出節奏，讓幫浦深穴的工人們不停工作。

男孩繼續繞著火堆走，躲在一張床後面，仔細觀察這座廳室。除了三張臨時克難床以外（沒有第四張，以免誘惑正在工作的那位），整個空間光禿禿的，只有火堆占據中央，岩石基座和兩面鑼鼓。總而言之，沒有任何像石板的東西。

奧斯卡嘆了口氣，沮喪極了。生平第一次，他認輸了：阿力斯特當初不該引誘他。或許他早該抱持跟其他人一樣的想法：年輕長老的腦子並不是真的很正常……他抬頭望向托雷爾的側面：他大腹便便的身影投映在左側的鑼鼓上。

他思緒紊亂，傻傻地看著擊鼓手的胳臂擺動，以及灰色的羊毛鼓槌敲在銅鑼盤面上。

就在那一瞬間，一道綠色強光在他眼前閃過。

奧斯卡搖搖頭，揉揉眼，彷彿看到了幻影。

難道是做夢？是因為絕望，壓力或高溫的關係？還是說所有的一切加在一起造成的？這一次，他前所未有地專心集中注意力：他知道，剛剛看到的現象稍縱即逝，只會在大鼓槌接觸到金屬盤那個短暫瞬間出現。他再次抬頭望向托雷爾，而當老人擊打左邊的鑼鼓時，幾秒鐘前模糊閃過的，這次他看得一清二楚：鑼面內部產生電光，亮出一些符號圖案和文字，宛如幻像。奧斯卡屏住呼吸，等待鑼面再次被敲擊。這個現象又顯現了，一而再，再而三地出現。

一塊大圓盤，上面的刻文僅在每一次心跳出現——也就是說，僅隨生命的節奏顯現。刻文以一種珍貴石頭的顏色顯示——那是綠寶石的顏色。

石板就在這裡，在他眼前，在搏跳之室的中心一下子出現，一下子消失。

奧斯卡深深著迷，目不轉睛。閃光不斷，顯現出的圖文，他看得一次比一次清楚，雖然完全不懂其中含意。他站起身，突然領悟到情況棘手：該怎麼把綠寶石板帶走？

「思考，奧斯卡，思考比慌張有用。」這時，他腦中浮現魔法書的模樣。他撫摸披風，帕洛瑪部門的工具包，萌生出一個辦法。一個瘋狂的辦法，幾乎不可能實現，但值得一試。

首要之務，必須避免被托雷爾發現，妨礙他按步進行計畫。要達成這項目標，他只想到一個解決之道。

他打開武器工具包，小心翼翼地拿出那個紅盒子，放在身旁，然後，用顫抖的手掀開盒蓋。禁忌的武器。

萬一魏特斯夫人和布拉佛先生得知他前一天從帕洛瑪那裡偷走了這項武器，而且，更糟糕地，還使用了它，他們會怎麼說呢？他覺得現在先不去想這個問題比較好。盒子周圍發散出如火焰般熾亮的光。

你做得到，別害怕。他不斷在心裡重複，給自己打氣。

於是，他抓起掛著金色字母的鍊子，浸入盒中，再拉出來。M字本身閃耀著一種鮮紅的亮光，發亮的節奏與搏跳之室的心跳不同。帕洛瑪部門最後一間實驗室裡的技師念過一則咒語，那些字句浮現他的腦海，彷彿幾秒鐘以前才剛聽見一般。他清晰地覆誦，不怕被人發現：鑼鼓的回聲蓋過了一切。

心收縮，心舒張，

服從字母，

停止飛舞。

在咒語和字母的作用下，托雷爾停止動作，被雷擊了似的，宛如一尊雕像。奧斯卡注視鍊墜和擊鼓手，目瞪口呆：真的成功了！他身後的火堆霹啪作響，正如幾分鐘前托雷爾怠忽職守時一樣。火勢變小，萬分緊急：心跳停止，整個王國應該都遭殃了。必須盡快行動才行。奧斯卡匆忙解開披風，拋入空中。上升，我的披風，上升，到我要你去的地方。奧斯卡一面祈禱，一面專注在那面銅鑼上。披風變得堅實，一直上升，直抵托雷爾和銅盤——也就是大名鼎鼎的綠寶石板。

就在這個時候，他身邊響起野獸嚎叫般的呵欠聲：原來是托雷爾的兄弟弗萊克剛醒過來。想必現在正好是交接的時候，托雷爾該下來休息了。

奧斯卡明白時間緊迫，更加專注地將念力集中在披風上，心狂跳不已：他只是一個非常初階的醫族少年，還不知道如何讓披風加速。布幔終於輕輕貼附在鑼面上。

奧斯卡再次將鍊墜進入神秘的方盒內，向後退了一步，宣讀第二則咒語：

心收縮，心舒張，
遵循字母，
再次飛舞，
生命恢復。

托雷爾的臉，還有身軀，又逐步恢復生氣，彷彿影片倒帶又重播似的：他吸了一口氣，雙臂左右掄動。他還沒發現披風有覆蓋阻隔，鼓槌已猛烈敲擊在銅鑼上，奧斯卡瞥見銅盤透過披風發出亮光。

托雷爾瞪大了眼睛。

「這……你怎麼還在？！」他怒氣沖沖地大喊。「還有，這是什麼……」

奧斯卡刻意不回答，閉上眼睛。他的披風恢復柔軟輕盈，從銅鑼面板滑落地上。醫族少年連忙上前去撿。

「喂！小朋友，這裡不是你該來的地方！」

奧斯卡迅速掉頭轉身。托雷爾的分身——但精神飽滿，雙手自由！——握緊了拳頭，直挺挺地站在他面前。

「弗萊克，抓住他！」托雷爾大叫，一面仍不停擊鼓。

奧斯卡不再拖延，拔腿就跑。他直接衝向門口，在披風的口袋裡搜尋一陣，摸到權杖溫熱的觸感，拿了出來，暗暗祈禱能用相同的方式開門，回到石牆另一面。他用力將權杖貼按在圖騰上。

胖嘟嘟的弗萊克好不容易跑到門邊時，只看見一個少年在沙地上留下的籃球鞋印。

「奧斯卡！你剛才發生了什麼事？」瓦倫緹娜急忙對好友跑過去。

醫族少年靠在牆上，一身是汗，心臟狂跳。

「噢！我遇到幾件……火熱的大事！」他氣喘吁吁地說。

勞倫斯迅速瞄了一下，只見他手裡拿著權杖和披風。他猶豫著要不要問那個致命的問題。

「你……你沒找到綠寶石板，對嗎？」

「不對。」奧斯卡回答。

他的兩個好朋友雀躍不已。

「在你身上嗎？給我們看！」

「不，」醫族少年說：「我把它留在裡面了。」

「什麼？」瓦倫緹娜不敢置信地嚷了起來：「你找到了，卻沒拿走？為什麼？」

「因為雷歐尼需要它……而且，因為我有更好的方式。」他說，並展開披風。「我複製了一份！」

兩人注視布幔，張大了嘴。披風的內襯上完美地轉印了綠寶石板上的圖文。

「哇塞！」勞倫斯驚嘆，「讓我看看！」他說，並扶正眼鏡：「我在布拉佛先生的藏書室讀過那麼多書，一定能解讀這個玩意兒！」

奧斯卡回頭看了一眼：萬一那幾個兄弟跑出來追他怎麼辦？既然他努力追尋，而且極度渴望的東西已經到手，最好別在這裡拖拖拉拉。

「回庫密德斯會後再管這件事好不好？」奧斯卡建議。

「好主意！」瓦倫緹娜贊成。「走吧！回家吧！我再也受不了海裡的生活了！我吃了那麼多鐵質，遲早會被海水侵蝕而生鏽……」

三人跑回隧道，一路不停，直到抵達密特拉的寶座為止。他們爬上講台，奧斯卡急忙把權杖插入兩顆心中間。天花板開啟，講台上升。他們又回到了寶座廳。

這時，一個強而有力，語帶挑釁的聲音響起：

「你以為這樣就能脫身嗎？藥丸？」

第二層皮

彷彿有顆炸彈在身後爆開似的，奧斯卡猛地轉身。

「你在這裡做什麼？摩斯？」

「這問題應該由我來問你吧……你是個愛作弊又虛偽的卑鄙小人，藥丸：你打算硬超尬我，我要你付出代價。」

奧斯卡垂下目光，注視死對頭的雙手。摩斯一手握著鍊墜，另一手，奧斯卡擔憂地認出：他甩著一個小囊袋。這項驚人的可怕武器，他過去從不曾見過，直到他的對手在埃俄羅斯宮殿的競技場上使用：一個套環，可以把溫度加到上千度，無論什麼樣的敵人，都將因而蒸發無蹤。基本上，像他這樣的男孩絕對無法抵擋。

「你要什麼？摩斯？」

「你在披風口袋裡鐵定藏著的東西。」摩斯回應，眼神充滿妒恨和貪婪。

奧斯卡晃動披風。

「除了我的魔法書之外，什麼也沒有。」

「別把我當笨蛋！」摩斯怒吼。「你已經找到另外半項戰利品，別以為我不知道。你就是為了這個才比大家早一步來到這裡。現在，你必須把它給我，立刻交出來！」

他揮舞著黑色套環。他剛把這個套環綁在鍊墜上，威脅的意味濃厚。奧斯卡不抱絲毫僥倖的心態：假如他敢反抗，摩斯一定立即使用這項武器，一秒鐘也不會顧慮。但是，他能交出什麼呢？若是他據實以告，供稱自己什麼也沒拿到──至少，沒拿到任何跟戰利品有關的東西，摩斯顯然不會相信。

「既然我都說了……」

他的話還來不及說完。

「你們終於回來了。」一個熟悉的聲音響起。

奧斯卡還不習慣正常的亮光，瞇起眼睛，辨識出他們面前那個高瘦的身影。

「阿力斯特！」他開心歡呼：「您平安無事！我好怕他們抓到你……」

「別擔心，我很好，他們沒看見我。」

他轉頭看摩斯，男孩急忙把武器藏起來。

「其他人呢？」勞倫斯問，年輕長老突然出現，他覺得有點奇怪「您不是應該回庫密德斯會去接他們了嗎？」

「他們在樓下。」阿力斯特心不在焉地說：「你們不必為他們操心。」

他走向奧斯卡。

「你找到你要的東西了嗎？」他冷冷地詢問。

奧斯卡不在意那冰冷的語氣，露出笑容，展開披風一角。

「找到了。」他低聲說，確定摩斯隔得夠遠，什麼都聽不見也看不見。「全都印在這上面，在布料上！」

「好極了。解開披風，鋪在地上。」年輕醫族長老命令，並迅速往門口瞄了一眼。

奧斯卡猶豫了一下，決定不再對阿力斯特的情緒轉變大驚小怪。他們是朋友——甚至，有點像兄弟：這是阿力斯特在布拉佛先生的花園裡親口說的。既然是兩兄弟，就應該分享一切。

勞倫斯走過去，拉住奧斯卡的胳臂。

「我們才剛講好，回庫密德斯會之後再研究披風，奧斯卡。」他說話時，眼睛始終盯著長老不放。

年輕長老狠狠地瞪回去。他的目光令勞倫斯非常不舒服，男孩被逼得別過頭去。

「有什麼好等的？」阿力斯特質問。「馬上一起來看看吧！回到那裡，永遠不得安寧。我們拿到綠寶石板這件事，並不需要昭告天下，不是嗎？」

奧斯卡點點頭，把披風鋪在地上。這一次，換成瓦倫緹娜擋在布幔和阿力斯特之間。她皺著眉頭，注視年輕男子的臉。

「您是怎麼了？麥庫雷先生？」

「沒事，沒事，什麼事也沒有。」阿力斯特不耐煩地說。「走開！」他喝令，並試圖推開女孩。

「這裡！」瓦倫緹娜指著阿力斯特的手臂，不肯退讓：「您的皮膚……脫……脫落了。」

她敏捷地轉身回到兩個男孩身邊。那一瞬間，奧斯卡把披風拉回來，披在肩上，繫上牢牢的結。

阿力斯特一手抓住自己的手腕：手指上沾黏了一塊碎皮。三個夥伴一步步往後退。脫皮的現象逐漸蔓延到阿力斯特全身，直到連脖子上也染上這種禿斑症。脫落後的皮膚慘灰無生氣，佈滿細小的血管。

這時，出現了一樣讓奧斯卡和朋友們不寒而慄的東西：一套黑衣，上方一圈紅衣領。這個喬裝成阿力斯特．麥庫雷的人像脫外套似地，自己動手剝除那層詭異的皮膜，黑衣胸前的位置上顯現一個閃閃發亮的字母。於是，一切解釋都是多餘的了：那是一個P字，跟衣領一樣鮮紅。

一個病族。這幾個星期以來，奧斯卡一直在跟一個病族打交道，把心事秘密告訴他，把他當成知己。

那人臉上的皮膜全部落掉後，露出一張沒有表情的紅色面具。他把手舉高，伸到頭頂上，面具的頂端；手指劈啪彈響，然後來回摩擦，彷彿焦慮抽搐，像是要從骨頭後面揪出什麼不祥之物。好友三人組被嚇得動彈不得。摩斯早已沒了剛才的趾高氣昂，把手插進披風口袋裡。

「不准動！」病族喝令。

摩斯停下動作，跟其他三人交換了個擔心的眼神。

「您是什麼人？」奧斯卡問，同時又怕聽到答案。

男人只把手放在繡在胸前的P字上。

「真正的阿力斯特，您對他做了什麼？」

「我對他很好啊！」男人終於開口回答：「只偷走他的形象而已。」

他的聲音也起了變化：緩慢，諂媚，同時，恐怖嚇人，彷彿來自地窖深處。男人大笑起來。

「實在是簡單得要命：一場車禍，砰！然後，推進那個非常像掃描器的超讚機器照一下……」

奧斯卡瞬間憶起當初的景象：一輛車撞倒阿力斯特，駕駛提議帶他們去附近一間沒人知道的診所，彷彿一切都是偶然……

「接著，我只不過小心別在他在場時出現，或者相反。」

「因此，阿力斯特對綠寶石板的看法才會變來變去。」醫族少年終於懂了。

「那位本尊一直想打消你的念頭……我可不一樣。現在，把那件披風交出來。」男人伸手下令。

奧斯卡和他的朋友們繼續後退。

「披風！」病族再度命令：「把披風給我，我就讓你們離開。」

「騙人！」勞倫斯插話：「接下來，您一定會殺了我們。拒絕他，奧斯卡，拒絕他！」

「要是想殺你們，我早就動手了……」

「在這之前，您需要我。」奧斯卡得到結論：「您要我去取得石板內容，因為，只有醫族才能前往。您想要讓您死去的手下復活，讓疾病蔓延！」

男人笑得更大聲了。

「讓死人復活……說真的，你實在太天真了。」

他握緊雙拳，向前走來。

「夠了！現在，馬上把披風給我。」

奧斯卡不回答，緊緊抓住披風，拿出鍊墜。他的心跳得好快，頭痛欲裂。

「別過來！」他說，試圖平息恐懼的情緒。「你再靠近的話，我……我就摧毀我的披風！」

瓦倫緹娜和勞倫斯躲在他身後，目光掃視廳內，尋找可以防衛或逃離的辦法。摩斯則始終站在門邊，觀察這一幕，從頭到尾不懂他們到底在說什麼。他似乎對他們的敵人十分著迷。

男人重重嘆了一口氣。

「那麼，我必須殺掉你們。」

奧斯卡不等他實現威脅，立刻揮動字母鍊墜。金光凝聚在M字中央，發射出來，越過大廳，指向敵人。人指伸長手臂，張開手掌：手套內側，一個P字開始發亮，一道強勁的火焰吞沒鍊墜的金光，並在夥伴三人面前形成一股熾熱的渦流。金字母變得異常滾燙，醫族少年被迫鬆手，痛得慘叫一聲。

奧斯卡把勞勞、娜娜和他自己包裹在披風裡，隔離火焰，抓住鍊子的部分，收回鍊墜。

「把那件披風交出來！」男人怒喊。

熾熱的熊熊烈火讓人窒息，熱力鑽入披風絨布上的縫隙。三人覺得宛如被放在爐架上火烤。勞倫斯汗水淋漓，浸濕了T恤：一滴一滴地，黑帕托利亞漿液從他的每個毛孔滲出。他們驚惶失措地互看了一眼。

醫族少年將鍊墜伸出披風下襬，試圖應用曾經學過的招式。他以堅定的語調，高聲朗誦：

金字母，
鋼字母，
宛如盾牌，
防衛保護！

一朵綠雲凝聚在M字周圍，像一把傘似地張開。然而，病族的火焰攻勢不斷，這面傘盾幾經拍打，如冰塊般融化。

「他不是一個普通的病族。」奧斯卡喃喃自語。

「你為什麼會這麼說？」瓦倫缇娜反問，她整個人已經變得跟她的頭髮一樣紅。

「他比我的鍊墜還強……可是，我的字母是連結到布拉佛先生的字母上的！」

「你的意思是……」

三人面面相覷，誰也不敢把話出來。僅管躲在披風之下仍躲不過烈燄高溫的煎熬折磨，他們卻背脊發涼，全身起雞皮疙瘩。

絕望之餘，奧斯卡打開工具包，急忙拿出紅盒子。禁忌的武器，這是他們最後的機會。使出它，無人能敵。

即使病族中最強大的那人也不例外。

他焦躁輕顫，將鍊墜浸入盒中，一面宣頌咒語，然後拉出。

什麼也沒發生，什麼也沒有；這項武器，他似乎只能使用僅僅一次。

「好吧！」他大喊，心如槁木死灰。「我把它交給您……」

火苗枯滅，奧斯卡張開披風衣襬。三人都起身，踉蹌不穩。他們環顧四周，只見寶座廳彷彿遭飽受肆虐洗劫：有些擺設已化為焦炭，另一些還燃著餘火。經過高溫摧殘，美麗的掛簾乾皺焦黑，散發惡臭的黑煙有如毒氣瀰漫，刺痛所有人的喉嚨。

「快點！」

醫族少年解開披風，動作遲疑不決。黑魔君伸長手臂。

奧斯卡終究拋出布幔。然而，奇怪的是，披風似乎不順從他的動作，反而折起，落在他腳邊。

「別跟我耍花招。奧斯卡．藥丸。」大病族的語氣變得更加陰沉：「別跟我耍花招……」

「那不是我弄的。」奧斯卡無能為力地回答。「它不肯去您那裡，因為……因為您是病族。」

男人嘆氣。

「那麼，把它攤在地上，然後退後。」

奧斯卡心不甘情不願地屈從照做，小心翼翼地把披風展放在地上。它似乎飄浮在離地幾公分之處。

這是第一次，他暫停了一會兒，注視印在銅鑼上，形成綠寶石板的圖案和文字。這些符號分布在一圈金環周圍，像繞在表面的數字那樣。

神秘的大病族靠上前來。透過面具開孔，奧斯卡隱約看見一對覬覦貪婪的閃亮雙眼。

「終於。」男人顯然非常滿意，僅這麼說了一句：「終於得手了……」

奧斯卡和他的兩個好友注視著他，驚恐，憤怒又絕望。男人完全無視他們的存在，只為眼前所見的事物深深著迷。一個圓圈，周圍有許多符號：確切地說，每個方位上都有一個。在這個圈環正上方，第一個符號是一個鏡面黑方塊。

「這一刻，我等了好久。」他低聲說，一面讀取刻在這個符號上的文字。「聖殿……」

他伸手以順時針方向撫摸金環，停在第二個符號上：一個非常精緻的M字，貌似奧斯卡脖子上所戴的鍊墜，但樣式非常古老。

瓦倫緹娜和勞倫斯忘記恐懼，也靠過來凝視綠寶石板。

「退後！」男人喝令。

他們不敢不服從。但奧斯卡卻動也不動。他專注地望著三個符號。在病族撫過時，那個符號變得黯淡無光。他只來得及辨認出一個頂端突出M字，底部纏繞著一條蛇的高腳盃。

奧斯卡迷糊了。一個非常古老的M字，一個病族稱之為「聖殿」的閃亮黑方塊，以及一座高腳盃。這些不都是醫族的典型特徵嗎？醫族和綠寶石板有什麼關聯？為什麼翻遍書本都找不到資料？

男人似乎不再在意他們。奧斯卡跟著他的目光望去，只見他滯留在金環下方搜尋。醫族少年攤開披風時，衣襬有一角剛好折了起來，遮住了一部份轉印成果。男人伸手去掀，但披風躲開了他。他抬頭望向奧斯卡。

「掀開這件披風。」他的語氣不容抗命。

奧斯卡猶豫起來，呼吸急促，一身是汗，試圖保持理智。披風曉得要保護該保護的東西，它之所以自動折起，那就表示有一定有某些圖文是秘密——至少，不該讓這個病族看到。他深深懊悔自己沒辦法抗拒，恨自己從一開始就是個任由這個男人操控的魁儡，最後，還親手把綠寶石板放在他腳邊……現在或許是贖罪，不再任憑擺布的機會。

奧斯卡用閃電般敏捷拉回披風，隨即拉著好友們，一起跑到寶座後方躲起來。

「立刻把那件披風帶回來！」男子咆哮：「要不然，你永遠再也沒機會用到它了！」

他伸出手，打開掌心，從繡在手套上的鮮紅P字釋出一股渦流。漩渦所經之處，一切皆被捲入碾碎，奧斯卡和他之間不再有阻隔。這一次，奧斯卡死定了。然而，就在這個時候，一道光束射中病族的手腕。男人痛得大吼一聲，闔起手掌。半空中的漩渦即時瓦解。他憤怒地轉身朝門口望去：光束來自位於那個方向的一顆鍊墜。

「摩斯！」瓦倫緹娜驚呼，不敢相信自己的眼睛。

不到一秒的下個瞬間，病族立即反攻。他伸出雙手，掌心放出兩隻火妖，撲向摩斯。牠們跟奧斯卡和摩斯在埃俄羅斯的競技場上奮戰打敗的病毒出奇相似。

「藥丸！」摩斯大喊，盡其所能地用披風保護自己。

從他鍊墜射出的雷射光完全不足以對抗兩頭瘋狂亂咬堅硬披風盾的猛獸。於是奧斯卡把工具包裡的東西全翻倒在地上，盡可能地將鍊墜瞄準雪花結晶。他伸長手臂，光束打在披風上。

「右邊一點，奧斯卡，靠右邊！」瓦倫緹娜大喊。

但奧斯卡仍堅持自己的方式，摩斯的披風上結出一層厚厚的冰。火妖每次啃咬或撕扯，冰就融化一點，同時反攻，兩頭猛獸在水霧中節節後退。勞倫斯對他喝采。

「以冰克火，太讚了，奧斯卡！」

不過，冰一融化，火獸們又立即恢復生龍活虎。

奧斯卡從工具包裡翻出一顆綠色小圓球，那是帕洛瑪部門雨果．丹拉麥的傑作。他扔出綠色小球，用鍊墜的光束照射，把小球變成鮮豔的血紅色。第一隻病毒轉過頭來，聞了聞之後，咕嚕一聲吞了下去。奧斯卡暗暗祈禱病毒眠發揮藥效。過了一會兒，那隻病毒搖身變成細聲尖叫的絨毛玩具，後來更成了安靜乖順的小狗。第二隻病毒也撲向奧斯卡急忙又拋出的綠色小球。

病族只微微一笑。他嘆了一口長長的氣，握緊雙手，做出禱告的姿勢。

「我真的沒空陪你們玩了，孩子們。」他用一種異常溫柔的語氣說，「所以，永別了。」他的兩掌之間冒出一團黑色物體，在空中不斷膨脹，變形再變形，不一會兒，形成一個斧頭狀的P字，脫離病族雙手，橫掃整座廳，劈在一面牆上。木工，石膏像，壁毯，畫作，所有的一切都在轟隆巨響聲中粉碎炸飛。孩子們急忙跑到門口，跟摩斯會合，打算逃到走廊上。但那致命的P字擋住他們的去路，他們被夾在病族和奪命釜之間，腹背受敵，無路可逃。

「說得很對，史卡斯達爾：真的沒空再玩了。」

這個低沉沙啞的聲音從大廳一端響起。

另一個聲音，冷靜而細膩，又從另一端與他唱和。

「拉茲洛，真高興再見到您。我確定，西伯利亞黑山監獄那裡的人也會這麼說。」

奧斯卡轉頭看看這邊，又看看那邊，與其他三個孩子一樣，卸下心中一塊大石頭。

「布拉佛先生！魏特斯夫人！」他驚喜地大喊。

醫族大長老顯得無比高大，而嬌小的老夫人身穿一件淺綠色娃娃領洋裝，袖口綴有蕾絲邊，腳踏一雙平底淑女鞋，坐在一張矮沙發上，雙手拘謹地放在膝蓋上，披風優雅地從肩頭收攏在背後。唯獨那雙跟洋裝同色的小眼睛，在令人難以想像的紅色塑膠鏡框後面，炯炯有神。

「正好，您現在跟這些孩子們永別，讓我們帶您回牢房怎麼樣？」夫人露出迷人的微笑著建議。

男人亦回以微笑……那是憤怒不甘的僵笑。他大手一揮，巨斧飛越大廳，朝大長老劈去。魏特斯夫人的反應比誰都靈敏，丟下刺繡手帕，起身伸出鍊墜。溫斯頓．布拉佛也舉高鍊墜。夫人的金色光束以及大長老的綠寶石光束在寶座廳的藻井天頂下方交會，在巨斧四周形成一團雷電，把它團團圍住。雷電光團不停旋轉，醫族兩位長老立定不動，只用手轉動鍊墜。病族伸長雙臂，同樣的黑色渦流再度竄出，卻無法穿透愈來愈亮的金綠光團。

被困在雷電光團中央的P字終於爆炸，在空中粉碎。

兩位醫族長老放下手臂，垂目查看：黑魔君已經不見。

「在那裡！最裡面！」奧斯卡高喊。

男子已經爬上一道階梯的前幾階。大長老拉住貝妮絲．魏特斯。

「不，不必了。」他說。

「溫斯頓！那不是隨便的普通人，而是拉茲洛．史卡斯達爾啊！一定要逮到他才行！」

「如果我們在這裡跟他拼鬥，將會造成極為慘重的損害。」布拉佛反駁。「雷歐尼的健康狀態已經很糟，他承受不住的。宮殿太遼闊，而我們的敵人在這裡有同謀，我們都知道。我們應該是抓不到他的。」

他抬起頭：寶座廳深處，階梯通往一扇暗門，史卡斯達爾站在最高處，動也不動，一付準備迎接挑戰的姿態。

「享受這個時刻吧！悲慘的醫族們！」他的聲音強而有力：「你們贏得了一場小勝利，但我得到了我想要的東西。等到我跟你們宣戰，正式宣戰，我想發動的超大規模戰爭開打，你們將跪地求饒。而我要把你們打得落花流水！」

暗門關上，可怕的笑聲在密特拉宮殿迷宮般的廊道中迴盪許久。奧斯卡低頭看自已的披風。

「我得到了我想要的東西。」黑魔君的話還在空中迴響。不等他傻傻發呆，一隻有力的大手已把他手中的披風拿走。

溫斯頓．布拉佛注視神秘的圖文，與貝妮絲．魏特斯交換了一個擔憂的眼神。

瓦倫緹娜跑到他面前，眼中閃著崇拜的光芒。

「您……您救了我們的命！」她用電影女主角般的語氣說。

勞倫斯翻了個白眼，大長老則低調地微笑。

「你們該謝的不是我，而是那邊那位女孩。」

孩子們紛紛轉頭朝門口看：在那裡，白襯衫一路釦到領口，整齊的髮髻，兩腳併攏，雙臂交叉抱胸，伊莉絲一臉嚴肅地瞪著大家。

「你們從來不肯聽我的話，所以，我就做給你們看：我去跟布拉佛先生告狀了！」

大長老好笑地看著她。

「為什麼不把妳跟我說的話告訴他們呢？好女孩？說妳很擔心他們？」

伊莉絲尷尬地聳聳肩。

「其實……其實我很討厭他們不服從我的命令！」

四個孩子互望一眼，大笑起來。他們都跑到門口，瓦倫緹娜甚至用力親了女孩一下，把她嚇呆了。

「謝謝妳，伊莉絲！妳的爛個性幫了我們一個大忙！」

伊莉絲從人群簇擁中逃出，滿臉通紅，頭髮凌亂。

「夠了！」她大喊，同伴們的反應讓她受寵若驚。「我……我已經警告過你們了，就是這樣！」

「至於你，奧斯卡．藥丸！」布拉佛先生的口氣嚴厲起來：「我也曾經警告過你：你的好奇和頑固會把你耍得團團轉！」

他手上拿著奧斯卡的披風，眼神黯淡。

「讓我們獨處一會兒。奧斯卡和我必須談談。」

魏特斯夫人把摩斯、伊莉絲、瓦倫緹娜和勞倫斯帶開，奧斯卡獨自留下面對大長老，低垂著頭。

「我說，奧斯卡，看樣子，我永遠沒辦法信任你了。」溫斯頓．布拉佛嚴苛地說。

這些話聽在奧斯卡耳中，彷彿一拳擊在身上。他一直非常忠誠，難以忍受自己不被信任，誠信受到質疑。

「當然可以。」奧斯卡非常小聲地說：「您可以信任我，永遠可以。」

「那麼，我聽你說。把真相告訴我。」

奧斯卡把事情的來龍去脈全部告訴他：阿力斯特發生車禍，形象遭黑魔君盜用，趁本尊不在時，濫用他的身分。得知神秘綠寶石板的秘密，赫墨斯．特里斯美吉斯圖斯引發了令人失望的假希望，沒想到他原來只是個騙人的江湖術士；而當假阿力斯特告訴他石板藏在第二國度的核心時，希望又重新燃起。起死回生，綠寶石板有這項不同凡響的能力，他渴望得要命。

「我……我想……我希望……看見他。活著的他。」

不需奧斯卡大長老說出他希望死而復活的人叫什麼名字，大長老也知道他說的是誰。他嘆了口氣，左顧右盼，彷彿思索著適當的字眼，以對他說明。

「赫墨斯．特里斯美吉斯圖斯不是騙人的江湖術士，奧斯卡。事實上，他的確是一名醫族，跟你我一樣；而且是一位非常優秀的醫族。」

「但是……我還以為他不是，只不過讓人家相信他會把一般金屬變成黃金！」

「你說的對：他並不知道怎麼做，卻堅稱他辦得到，藉此模糊焦點。」

「模糊什麼焦點？」

「赫墨斯是個粗心的人，在一次施行體內入侵術時被人撞見，人們把他視為巫師。為了轉移注意力，他讓別人以為他能將一般金屬煉成黃金。」

「可是那也一樣，是假的！」

「對。不過，那是必要的包裝。於是赫墨斯給自己發明了一個稱號：煉金師。幾個世紀以來，所有的煉金師都在做跟他一樣的事。他們製造傳說，只為了掩飾一件事：事實上，他們全都是醫族，就這麼簡單。他們的黃金，指的其實是這個……」

「煉金術從來不存在？」奧斯卡好奇起來：「他們全都在撒謊？」

「就某方面來說，不存在。他們也宣稱能製造萬靈藥，所謂能治百病的藥。而這倒不是假的，因為他們擁有入侵體內的祕密能力，並在人體內進行你也會做的事：治療。」

「這麼說的話，」奧斯卡問：「綠寶石板真的是赫墨斯．特里斯美吉斯圖斯發現的？」

「是的，的確是他。而且，他很快就明白：石板存在這件事必須隱瞞，尤其是石板上所揭示的內容，一定要列為機密。」

奧斯卡注視著布拉佛先生，滿懷希望。

「石板真的能……」

「……起死回生？不，奧斯卡，不是這樣的。很抱歉要讓你失望了。不過，從某種角度來看，它的確揭示了生命的秘密。」

他猶豫了一會兒，將醫族少年的披風展開一角。

「你自己看，奧斯卡．藥丸，看看你公開了什麼。」

奧斯卡再次觀察那些符號：一個方盒，一個M字，一只被蛇纏繞的高腳盃。而在每個圖案上方，各有一行文字：知識在我，力量在我，決斷在我。

「這正是醫族聖板——俗稱綠寶石板……當然，這是因為祖母綠是我族的代表色。印在這裡的三個基本圖案是本族的支柱，標註著我們的信念：知識聖殿所代表的是知識，原字母M給我們行動的力量，而最後，金色蛇盃讓我們做出公正的評斷。」

「原來如此，所以才說綠寶石板蘊藏生命的秘密。」奧斯卡得到了結論：「它揭示的是醫族的存在支柱。」

「少了這三項聖物，醫族就蕩然無存，我們大家的能力也都將消失。因此，赫墨斯的綠寶石板，說穿了，其實就是醫族聖板，從來不曾揭櫫於世。而這些醫族支柱的存在也一樣。」

溫斯頓．布拉佛陰鬱又銳利的目光射在少年身上。

「現在，儘管非我所願，你還是知道了這個秘密；你必須將它埋藏在記憶最深處，奧斯卡。永遠不要對任何人提起一點點相關的事，永遠不要。你能給我這項承諾，對吧？」

這不是一個問句。奧斯卡點頭，臉色慘白。

「先生……剛才，在您抵達之前……他已經看到了。」

大長老嘆了口氣。

「我知道。」他簡短地說，「我知道。現在，我們的防禦力變得更薄弱，必須比以前更加倍提高警覺。」

醫族少年震驚不已，無言以對。都是他的錯，病族的黑魔君曉得了綠寶石板的秘密。既然他知道了三項支柱聖物的存在，毫無疑問地，一定會用盡千方百計來奪取。

大長老試著安慰他。

「事到如今，總之他已經得知聖板的存在，明白其中的含意以及隱藏的位置。不過，他也知道，只有醫族才能前往取得。今天，他利用了你，但他本來也可能利用別人。」

「萬一他後來又找到可以利用的人怎麼辦？」奧斯卡焦慮地追問：「萬一史卡斯達爾盜走醫族的支柱聖物怎麼辦？」

「這些東西沒那麼容易被他找到。總之，他會先遭遇到我們的阻擋。現在，」他說，並轉身走向刻意迴避的那一小群人：「我們該回去了。」

魏特斯夫人往前走了幾步，彎腰檢視地上那副詭異的皮膜和殘碎的皮屑。

「這是阿力斯特的樣貌——我說的是真正的阿力斯特，夫人。」勞倫斯說明：「黑魔君盜用了他的……」

「別碰！」魏特斯夫人喝令，並拿出鍊墜靠近那堆東西。

殘皮碎片宛如被磁鐵吸似地，紛紛附著到死氣沉沉的皮膜上，老夫人的鍊墜釋出一朵雲霧，將這一切團團包圍，形成一顆金色的球。她拿起這顆小金球，放進披風內袋藏好。

「問題就在這裡。」老夫人指出：「真正的阿力斯特在哪裡？因為，我們只剩不到二十四小時可以重整他的形象。過了這個期限，唉！他的神智和精力都將消失。我不希望阿力斯特變成一個透明人……」

「他大概已經離開雷歐尼的身體，去找其他人，準備帶隊進來。我們盡快離開這裡！」

廳內各扇大門突然再度開啟，一個強有力的聲音從中傳出。

「想都別想！叛徒都別想走出這座宮殿！」

溫斯頓・布拉佛和魏特斯夫人比其他人早轉過身來。在他們面前，密特拉女王傲然挺立。雖然隔著一段距離，但她看起來比平時更高大修長，憤怒與怨恨全寫在臉上。

布拉佛先生向前，彎腰行禮。

「親愛的幫浦國女王密特拉，為何如此相待？」

「您倒不如問我，為什麼一直以來，我如此盲目地為您開啟這座王國的各扇大門，而你們醫族回報我的方式卻是背叛，偷走我的東西，毀滅我和我的子民！」

布拉佛和魏特斯都還來不及回應，她就高舉手臂，召出一大群士兵，湧入廳內，將這群醫族包圍。奧斯卡本能地往其他夥伴靠攏，移動時觸碰到披風內袋中一樣堅硬冰冷的東西。

「這……偷走什麼？背叛什麼？您在說什麼？」布拉佛訝異地問。

「這個，先生。」

奧斯卡挺身走到布拉佛先生和魏特斯夫人中間，然後又往女王面前走了一步。

他伸出手。女王朝他走來，取回權杖。

「奧斯卡，你做了什麼？不給我們一個解釋不行。」魏特斯夫人嚴厲要求。

「沒有用的。」女王回應。「我不知道這根權杖是怎麼落入他的手中，但我們已經抓到犯人，他正在為自己犯下的罪行付出代價。現在這個時候，他應該已經死了。」她說，不容辯解。

「黑魔君說服我去拿的……好讓我進入搏跳之室。」奧斯卡坦承。「我那時想，回來之後就歸還。」

女王整個人僵直愣住。

「黑魔君？這……史卡斯達爾到這裡來做什麼？拜託，這是不可能的事。」

「然而，幾分鐘以前，他的確在這裡。」魏特斯夫人證實。「可嘆的是，他藏身在一位醫族長老的皮相下。他藉由這樣的方式，成功進入了這個王國……」

她拿出封存了阿力斯特破碎形象的閃亮小金球，做為證據。

「一位……長老的皮相？」女王重複她剛才的話。

「阿力斯特．麥庫雷，陛下。」老夫人回答，暗暗擔心女王的反應。

密特拉臉色慘白，轉過身：羅曼諾已經不在她身邊。

「我恐怕犯下了一個嚴重的錯誤。一個無法彌補的錯誤。唉！」

空氣！

阿力斯特抬起頭，伸長脖子，盡量接觸玻璃圓柱內僅剩的一點空氣。

時間一分分，甚至一秒秒地流逝，雷歐尼心臟的狀況並沒有太多改善，幫浦深穴的汲水功能依然不佳。他眼睜睜地看著水面無情地上升，從好一陣子以前開始，他已經踩不到地。圓柱狹窄，想在水面游泳都很困難。

別掙扎，阿力斯特。你的身體密度比水輕，只要不亂動，就一定能浮在水上。

可惜，想的簡單，做起來難。他試圖用雙手和雙腳鞋底撐住玻璃壁面，但水分子使表面濕滑。他睜大眼睛：水面和玻璃圓柱頂端之間的空間所剩無幾……

不可以慌張，絕對不可以慌張。他還年輕；話說，這三十三年來，他見識過不少大場面，冷靜和勇氣多次救了他，將他鍛鍊成一名傑出的醫族，甚至坐上長老議會的席位。現在正是該記起這些的時候。

他很快地往玻璃外看了一眼，下方十公尺處，廳內空無一人，就連操控技師也在女王命令之下離開了，隨他聽天由命，只剩他的披風悲慘地癱在地上。至於出口，大門深鎖，毫無希望。密特拉並未改變主意，他熟知女王的個性：她行事剛愎，沒有彈性。水一直上升，不斷上升。他就要淹死在一根玻璃管內，葬身某個王國深處。他並不害怕，只是感到難過：因為，他即將死在體內世界裡，什麼也不會留下。這麼一來，就表示他的父親什麼都沒留下，因為，他是獨生子。他將鍊墜拿在手裡，凝視著它，頭頂已經碰到圓柱頂端，水已淹至下巴。這個鍊墜曾救過他多少次命？救過多少被他進入體內治療的人？今日，此刻，它再也幫不上忙了。

除非……

水淹到他的嘴唇上方。

他最後一次凝望鍊墜，閉上了眼睛。

莎莉和艾登環顧四周；地面，牆上，空中，處處迴盪著心跳的聲音。他們進入了第二國度，經由阿力斯特的頭髮「導航」，直接降落在這座廳內。然而，這顆奇怪的紅玻璃球體裡什麼也沒有，空空蕩蕩。

「我懂了，關於頭髮那個法術，得再好好複習一下才行。」莎莉失望地說。「那現在我們該怎麼辦？」

「我們先出去，然後再找找。」艾登說，心中覺得不對勁。「走吧！」

他們跑到門口，艾登小心翼翼地把門打開：走廊上也一樣，空無一人；而在那裡，只有心跳聲劃破寂靜。

「嘿，老雷歐尼的心臟，跳動很不規則喔！」少女還在廳內，指出不正常的地方。

「為什麼這麼說？」

「你沒聽見兩下之間多跳了一下？」

「沒有。」艾登大吃一驚，注意聽走廊上的心跳聲。「很正常啊！砰——砰。砰——砰。」

「呃……我在這邊聽到的是砰——砰——答。砰——砰。砰——砰——答。」

男孩折返回廳內，他們把門關上。

「這個雜音是哪裡來的？」

答。

兩人抬起頭，瞬間說不出話。

阿力斯特的身體飄浮在一片血紅液體中，困在一個高掛在球體頂端的玻璃大管子裡。少年和少女驚恐地互望了一眼。

「妳想……他是不是死了？」艾登問，臉色慘白。

莎莉注視著年輕長老，什麼也說不出來。就在這個時候，雜音再度響起：答。而也就在同一瞬間，她看見阿力斯特的腳在水管底部動了一下。

「他活著！他還活著！」她大叫起來。

艾登跑到球廳盡頭，仔細觀察管柱頂端。他發現年輕長老的臉和嘴唇貼在一顆發亮的小球上。

「那是空氣！多虧他的鍊墜，他封住了一點空氣！快！我們得趕快放他出來！」

兩個孩子毫不猶豫地拿出自己的鍊墜，朝玻璃管柱伸長手臂。光束往外彈開，甚至沒在玻璃上留下一絲刮痕。艾登解開披風，從領口抓住，用手腕的力量旋轉。

螺旋旋轉，

布料變硬！

披風堅硬得像金屬做的一樣，旋轉上升。艾登和莎莉跑開來，避免被玻璃碎片噴到。當鋼鐵渦輪般的披風接觸到玻璃管柱時，一束火花畫破空中，披風墜落地面。兩名醫族少年向前查看，驚愕得目瞪口呆：玻璃管依舊連刮痕也沒有。

「這個該死的玩意兒到底是用什麼做的？」莎莉火冒三丈：「阿力斯特就快窒息了，我們人在這裡，卻無能為力，只能眼睜睜地看！」

艾登搖搖頭，無法應付這個局面，撿起披風。這時，他腦中閃過一個念頭，雖然他並不真的認為可行。或許，阿力斯特已經把鍊墜製造出的小球裡的空氣都吸光了，其實已經死了。不過，既然大不了就是一死，那麼，死馬也要當活馬醫。

「或許有個方法能救他……」艾登吞吞吐吐地說。

「那就快說啊！」莎莉大喊，猛力搖他。

「必須……結合我們兩人的鍊墜。」

「必須怎樣？」

「結合這兩個鍊墜。」艾登重複，「這是……是一輩子的事。」

「啊？！」女孩嚷起來，心存戒備：「後果會怎樣？」

「我們必須互相扶持，互相幫助，一直當朋友。」他紅著臉說，目光往其他地方看。

莎莉猶豫了一秒鐘。艾登不是那種會讓她想建立深厚友誼的男孩：他很害羞，不是隨時勇於戰鬥，即使他的表現愈來愈讓她刮目相看。她驅除這些想法：現在可不是時候。她緊緊握住鍊墜。

「好好好，我晚一點再考慮後果。」她說，「大不了再請布拉佛先生把我們的鍊墜分開。」

艾登把他的字母鍊墜拿到莎莉面前，女孩也按照他的方式，將自己的鍊墜擺在他的對面。

「跟著我念。」艾登說。

透過結合的字母，
我們一生為伍，
我是你敵人的敵人，
當我陷入陰影無人記起，
唯你不棄不離。

莎莉瞪著他，一臉尷尬。

「啊？這些……全都要做到？」

「快跟著念！」艾登催促，擔心地看著玻璃柱。

莎莉不敢拖拉，立即照做。兩個M字閃閃發亮，光暈合而為一，被雙雙圈入一團炫目的光球中。

「穩住！」艾登說，並護住自己的臉。

亮光減弱之後，兩個孩子查看自己的鍊墜。

「什麼也沒變嘛！」莎莉說出看法，覺得奇怪。

「重要的是，經過結合之後，它們獲得一股力量……」

「什麼力量？」女孩問。

艾登伸長胳臂，張開手掌。

上升，親愛的字母，上升到高處，貼上圓柱！

莎莉不再提問；在同伴點頭示意之下，她一字不漏地複誦咒語。

兩個鍊墜都上升到空中，黏貼在玻璃管上，一顆一邊。艾登連忙跑到球廳盡頭，抓起阿力斯特的披風，鋪在圓柱下方。玻璃管內一點動靜也沒有。阿力斯特像尊淹沒在鮮紅液體中的雕像。

兩個醫族孩子互望一眼。

「現在，但願這招能成功。」艾登說，既焦慮又充滿期待。

他抬眼向上，高聲宣示指令：

結合的字母，凝聚力量！

凝聚力量，克服萬難！

這一次，兩顆鍊墜強力緊貼玻璃壁面，朝彼此互射一束亮光，穿透管柱。莎莉這才明白艾登期待這兩枚金字母發揮什麼作用，也緊握雙拳，彷彿這麼做能提高效能似的。

「加油！鍊墜們，加油！」她大喊，「你們可以凝聚力量，可以粉碎這項障礙！」

鍊墜周圍的光束愈來愈亮，在水中形成一條長棍。兩個孩子屏氣凝神之際，玻璃上出現第一道裂痕。莎莉開始狂吼狂叫，像是在為賽馬加油似的，就連艾登也加入吶喊。

「再來！鍊墜們！再用力點！靠緊一點！」

裂縫延展開來，宛如一張蜘蛛網，一條條裂痕剪斷玻璃壁面。一陣恐怖的轟隆巨響：管柱炸開了！醫族少年和少女剛好來得及把自己蓋在披風下，撲趴在地。玻璃碎片混夾在海水中，如大雨傾盆，灑落在遼闊的球廳中。

兩人站起來後，全身滿布碎片，淌著紅色液體。他們面前，地面中央，阿力斯特的軀體倒臥在一片狼藉之中。艾登連忙跳起，朝他跑去。

「阿力斯特！麥庫雷先生！」

只聽見一陣古怪的咕嚕雜響，引發一聲呻吟。少男和少女尖叫大喊，歡欣雀躍，總算放心。年輕長老咳出剛才吞吸進去的海水。他們幫忙扶著長老坐起，讓他慢慢恢復意識。

「我……我覺得，你們就像電影裡的英雄一樣，在千鈞一髮之際趕到！」他說，累得精疲力盡。「再遲幾秒，一切就完了……」

「現在，我們該回去了。」莎莉表示。「您覺得站得起來嗎？走得了路嗎？」

阿力斯特按摩背部和右腳膝蓋。即使有披風緩衝，剛才的墜落並不妙。

「希望沒有摔斷什麼地方……要是真能這樣的話，那可真是奇蹟！」

「奇蹟不會出現第二次。」

一個聲音從他們背後響起。三人都回過頭去：門開了，女王的心腹，羅曼諾，雙手抱胸，冷眼旁觀。他比了個手勢，一大群士兵湧入，個個身穿駭人紅制服，全副武裝，把這一小群醫族團團包圍。

羅曼諾走到大廳中央，查看懸掛在球頂上玻璃圓柱殘骸。阿力斯特跟兩個孩子互望一眼，莎莉和艾登急忙衝去撿年輕長老的鍊墜。然而，羅曼諾的動作快如閃電，已經彎下腰，搶先一步。

「您以後不需要了。」

過了一會兒，他改用非常溫柔的口吻，修正剛才的話：

「您以後再也不需要了。永遠不需要。」他又補上一句。

他轉身對軍隊指揮官：

「殺掉他們。」他簡單扼要地說：「殺掉他們。」

三名醫族背靠著背，聚攏在一起。艾登的手在顫抖，但並未因此而軟弱；莎莉和他一起揮動鍊墜，保護自己及既虛弱又失去了武器的阿力斯特。數不清的士兵不斷湧入。少男和少女不抱絲毫幻想：他們知道自己撐不到最後。

敵人的包圍愈來愈近。

「等一下！」阿力斯特大喊：「他們什麼也沒做，只是孩子！你們要的是我，那就把我帶走，讓他們離開！」

羅曼諾湊近他，面無表情。他蒼白無血色的臉平滑無紋，彷彿沒聽見醫族長老的話。阿力斯特豁出一切。

「如果您敢碰這些孩子一根汗毛，羅曼諾，您就會成為醫族的公敵。我族大長老，溫斯頓·布拉佛，永遠不會原諒您，您懂嗎？永遠不會。而長老會所有成員也一樣。相信我，往後的日子非常艱難，我們應該結盟，而非結怨。」

「打破盟約的是你們。」羅曼諾冷冷地回應。「我們曾經是朋友，為你們開啟大門，寄予信賴，但你們卻背叛了我們。」

阿力斯特激動怒喊：

「您錯了！羅曼諾！沒有人背叛你們！真是個愚蠢又頑固的傢伙！」

但周圍的叫囂愈來愈大聲，將他的吶喊淹沒。密特拉的巨噬細胞特種部隊佈署在第一排。他們的長臂不斷朝三名醫族伸來，而其他士兵的武器也都瞄準三人。羅曼諾的手高高舉起：一旦落下，這三個可憐的眾矢之的就完了。艾登閉上雙眼，莎莉發出憤恨無力的怒吼，阿力斯特護在兩人前方，準備替他們抵擋第一波攻擊。

羅曼諾彎曲手指，握成拳頭。

「住手！」

喊聲蓋過所有叫喊喧鬧。羅曼諾的動作懸在半空：跟所有人一樣，他認出了這個聲音。一個修長的身影劃過廳內，部隊散開，武裝士兵皆深深鞠躬。

密特拉女王現身在三名醫族面前，對羅曼諾比了個手勢。在她身後，緊跟著魁梧的醫族大長老和嬌小的魏特斯夫人。

「我想我們來的正是時候。」她對幾位貴客說，然後命令兇猛的巨噬細胞部隊：「你們退下。我們誤會了，他們是無辜的。」

「陛下……」羅曼諾想反駁。

她不讓他繼續說下去。

「剛才那個人不是麥庫雷先生，我們跟這位年輕人一樣，都被利用了。」

奧斯卡往前一步，出現在布拉佛先生和老夫人之間。艾登和莎莉跑到他面前。

「阿力斯特，有人盜用了您的形象。您知道嗎？車禍那一天，他們把您推進一個奇怪的機器照超音波掃瞄的時候……」

阿力斯特終於恍然大悟。他觀察自己的身體，然後看看腳邊的地面。

「我的影子不見了！不久後，我就會變成透明人。想也知道！我怎麼沒發現呢？怎麼沒想到那一天……」

「別擔心。」魏特斯夫人安慰他，慧黠地眨了眨眼。「都在這裡。」她說，並拿出封存了年輕長老影像的金球。「連您那套邋遢的衣服也在裡面。或許可以趁這個機會換一套？」

「才不要！」阿力斯特微笑：「那才是原來的我……」

醫族少年奧斯卡走到他面前。

「抱歉，阿力斯特。到後來，我以為……以為……」

「……以為我昏頭失去了理智？」

他彎身對男孩耳語：

「其實，一定是那樣沒錯！而那跟我父親或許一點關係也沒有，而就算真的有的話，嗯……既然是父親留給我們的，也應該感到驕傲才對，不是嗎？」

奧斯卡露出笑容，開心地點頭。

「對，我也很驕傲自己像他，甚至連缺點都像！」

「話雖如此，願意信任一位大哥哥也是挺好的……」

「我信任您！」奧斯卡毫不猶豫，自傲地回答。「那您呢？您是不是……」

阿力斯特抱住奧斯卡。

「是啊！我也信任你，一直都是。」

一串連珠砲般的聲音讓他們想起旁邊還有別人。

「好了，你們慢慢講完悄悄話吧！我呢，我可要回家了。」伊莉絲挑明了說。她把大家都推開，想知道為什麼突然沒有進展。「家裡的人在等我。」她進一步說：「而且我……」

「『討厭』遲到！」其他少年少女齊聲接話，然後大笑起來。

女孩自己似乎也覺得既好氣又好笑。

「既然如此，」布拉佛先生嘴角帶著微笑，俯下身來對他們說：「我們該跟第二國度的朋友們告別了。」

「我想，你們忘了一件事。」

密特拉女王向前走來。她雖然年事已高，但舉止依然優雅，顯得無比莊嚴華貴。阿力斯特彎腰行了個禮。她面帶笑容，對他說：

「首先，最重要的事：我們欠您一份道歉，阿力斯特．麥庫雷先生。」

「一切已是過往雲煙。」一年輕長老幽默地說，雖然他筋疲力盡，處處痠痛，身上還滴著幫浦海的鮮紅海水。

「這個國度和這座宮殿的大門永遠為您開啟，為您，以及所有大駕光臨本國的醫族貴客。」女王繼續說。「不過，不該讓這個孩子空手而回。否則，我以後要怎麼迎接他們？」

魏特斯夫人露出笑容，不需女王進一步解釋，命令五個孩子排成一列。

奧斯卡也聽懂了。他打開腰帶上的第二個囊袋，拿出埃俄羅斯國王頒給他的玻璃小盒。方盒內，在存放其中的氣息作用下，細小微粒閃耀旋舞。其他孩子也立即仿效。跟他一樣，在勞倫斯和瓦倫緹娜歡欣鼓舞的目光下，艾登和莎莉顯得神采飛揚。伊莉絲不擺架子，就連摩斯也露出心滿意足的表情。

瓦倫緹娜在布拉佛先生身邊開心地跳腳，大長老用眼角注意著她。

「太棒了！他們經歷的事太棒了！您不覺得嗎？布拉佛先生？我覺得這一切好讚！我好想回去再找一個綠寶石板！」

「沒辦法。」大長老低聲回應：「小女孩，妳好好待在這裡，不准動。」

密特拉拿起權杖，向後旋轉，長裙如花朵綻放，長髮飛揚，在鮮紅壁面的襯托之下，閃閃發亮。廳內回響著連續不斷的心跳聲。

永恆的心跳，
象徵生命象徵愛，
從海底迴盪到天際，
請來到我這裡，
永遠不停息。

權杖在空中旋轉，鑲在上面紅寶石一顆顆亮起。當第五顆寶石也亮起時，密特拉走向摩斯的戰利品。男孩打開方盒的一個面蓋，女王將杖尖湊近。白金頂端輕觸玻璃盒，一聲心跳響起，戰利品振動了一下，隨即闔上。方盒剛封存了一聲來自幫浦國的心跳。

她對其他三名醫族少男少女施行同樣的程序，最後來到奧斯卡面前。

鑲嵌在權杖底部，最大的那顆紅寶石，綻放出一種超乎自然的光芒。皇家權杖輕撫戰利品，而奧斯卡感到，從捧著方盒的雙手，傳來兩下心跳顫動。

「此時此刻，這根權杖認識你。」女王僅這麼說，眼睛卻始終盯著奧斯卡：「甚或該說，它認出了你。」

「可是……直到今天早上之前，我從來沒有碰過它。」奧斯卡訝異地說。

女王抬眼看看魏特斯夫人，然後又看看醫族大長老。她再度跟奧斯卡交談，但刻意壓低音量，確保只有他一個人聽見：

「就算是從來沒見過的人，也可能認得出來，孩子。原因很簡單：因為那正是你心裡和腦子裡朝思暮想，等待了許久的人。」

奧斯卡正想回答，紅框塑膠眼鏡老夫人卻擅自打斷他們的談話。

「現在，我們真的該走了。」魏特斯夫人決定：「不要再打擾女王。」

她和布拉佛先生對女王致上最高敬意告別。

「多麼希望我們都弄錯了，你們大家可以高高興興地回來。」女王說，眼中閃過一絲陰影。

「即使那可恨的黑魔君恐怕終將導致事與願違……」

「讓我們一起祈禱未來如您所願，陛下。」布拉佛先生沉重地說。

醫族少年隊的孩子們仿效阿力斯特，對女王深深一鞠躬，然後轉身面向地上的玻璃碎片。碎片中出現一個特別閃亮的圖案：有一條蛇纏繞的M字高腳盃。

他用目光尋找伊莉絲。

「小姐的蛇盃已經顯現，有勞小姐動身……」

第四項支柱

「我想，您忘了一件事。」

弗雷徹・沃姆在庫密德斯會的迎賓梯上立定不動。他剛離開大長老的住宅，摩斯亦步亦趨地跟在後面。他的表情嚴肅，深不可測。然而，誰都看得出來：他很失望。他原本希望自己的徒弟們順利贏得戰利品，但讓小藥丸空手而回。貝妮絲・魏特斯則滿意得不得了。她身穿保守的淺藍色絲綢洋裝，外加短袖背心，昂然挺立在玄關大廳中央，面對門口，嘴角揚起微笑，耐心等候長老回來。阿力斯特和其他少年隊成員們則在後面吵死人地喧鬧：每個人都搶著說話，大笑，講述剛才那些驚心動魄的經歷。就連伊莉絲也不再緊繃著一張臉，甚至拒絕跟師父一起離開：「我不想跟您回去。母親接到我的要求，就會過來接我。」她表示。

沃姆只轉過頭來。

「哦？貝妮絲，您說的是什麼事？」

「這個。」她把玩著一個黑色囊袋的繩索。「那個孩子剛才交給我的。」她說，朝摩斯看了一眼。「不過您別責備他。我向您保證，他非常不甘願，我不得不採取了……呃，這麼說吧！一些強硬手段。」

沃姆認出囊袋，細長的眼睛與醫族男孩瞬間目光交接。

「這不是我的。」他冷冷地回答。「您應該是搞錯了。」

「真的？」老夫人愉悅地回應。「真奇怪：埃俄羅斯人跟我說，他們看見這位小摩斯使用一種沒見過的武器——而且危險嚇人。我還以為是從您那裡來的。」

她往前走來，那副超大紅眼鏡後方的眼睛直視沃姆長老。

「不過，您說的對。」她說。「一定是我弄錯了。不，永遠不會，您絕不可能把這麼危險的武器交給這個男孩，更不可能不事先告知長老會。」

她步下階梯，一直走到沃姆面前，目光始終盯著他不放。

「如果我沒記錯，您曾經要求讓您的徒弟們也擁有一個帕洛瑪工具包，以維持兩個小組的公平。那麼，告訴我，親愛的弗雷徹，請告訴我：您從未曾想過，連一秒也不曾想過，要給這個男孩配備一項別的孩子所沒有的武器，對吧？」

長老咬緊牙關，瞇起眼睛，原本細長的雙眼顯得更細長。

「您很清楚我的為人。」他從牙縫中迸出這些話：「我永遠不可能做出這樣的事，而我也很感謝您根本沒想過要懷疑。」

魏特斯夫人繫緊囊袋的細繩，把它放進背心口袋。

「那麼，真是太好了。」她結束談話。「我們就說，摩斯是在某個地方找到這個囊袋的。至於是在哪裡，他就是不肯說。那就請您嚴懲他的惡意隱瞞。在我看來，沒收這項武器也不為過。我要把它交家姊；能更進一步地仔細研究它，她一定非常高興……」

弗雷徹．沃姆只把摩斯推進等候他們已久的車裡，一言不發，揚長而去。

奧斯卡最後一個離開庫密德斯會。布拉佛先生拿走了他的披風，然後打算回三樓的書房。

「把這片圖案去掉之後，我再還給你。」他一邊上樓一邊說。「其實，如果你已經不需要用到，或許你還可以順便交出一個紅盒子？那東西非歸還給帕洛瑪部門不可。」

大長老伸出手來，奧斯卡只好交出帕洛瑪的禁忌武器，一句話也不敢說，也不敢看大長老半嚴肅半開玩笑的目光。

奧斯卡走到魏特斯夫人身邊。豪宅的玄關大廳內只剩他們兩人。他已經先跟瓦倫緹娜和勞倫斯說好，過幾分鐘後再去找他們。她以笑臉迎接他，彷彿知道他要問的問題並不陌生。去年，她跟這名傑出的男孩共度了那麼多時光，足以了解他的好奇心永無止盡，不是嗎？而這也正是他迷人與活力的泉源，同時，也是它與維塔力如此相像的原因。對他的父親，她始終保有深刻感人的回憶。

「我聽你說，親愛的奧斯卡。」

他露出笑容：魏特斯夫人總能事先猜到他的意圖。

「我能不能……私下跟您談談？」他東張西望的看看四周。

她點點頭。沒有人不知道：彭思這個完美襯職的管家耳目眾多，隨時會出現在大宅的任何角落。

「我們去藏書室吧！」她提議。

奧斯卡卻露出猶豫的神態：那裡的書籍也低調不到哪裡去；而且這一次，他想盡量遵守布拉佛先生囑咐的秘密。

「我覺得去會客室比較好……」

魏特斯夫人跟著他走，進去之後，把門關上，並把鍊墜插在鑰匙孔裡上鎖。兩人找了一張長沙發坐下，面對爐火：壁爐內，奇特的綠色火焰日日燃燒，終年不斷。

「關於什麼事？」老夫人又問了一次，專注傾聽。

「呃，是有關綠寶石板的問題。應該說，就是醫族聖板。」

「我猜大約也是。你說吧！」

「布拉佛先生告訴我醫族有三項基本支柱，都呈現在那幅圖板上了。」

「沒錯。你把大長老的話記得很清楚。」

她暗中捏把冷汗：她熟知男孩思緒的運轉方式，因此，非常清楚他接下來要問什麼。她默默聽他說下去，而他果然主動開口。

「當黑魔君彎下身來看的時候，披風折起了一角，圖板有一部份沒讓他看到。」

「湊巧吧！應該是。這樣很好。」老夫人用最安全的方式回應。

但奧斯卡並不肯就此罷休。

「不，魏特斯夫人，我不認為那是湊巧。幾乎可以說，披風刻意隱瞞某個部分不讓他看，而他想盡辦法要看石板下方的圖案。那到底是什麼？」

這一次，換成男孩殷切地注視老夫人，彷彿想讀出她腦子裡的答案。她經驗太豐富，怎麼可能洩漏。

「我並不曉得那幅圖案的每個細節，不過，我想，應該只是刻在醫族名稱周圍的一些文字。」她終究給了個答案。「沒有別的。不過，史卡斯達爾並不知道。在發現你披風上的圖印之前，他從來沒見過那幅聖板。因此，他才會特別好奇。」

奧斯卡望向其他地方，陷入沉思。魏特斯夫人決定不再給他時間過問太多。

「事情既然已經發生了，就別再想了，奧斯卡。同樣的，你也不該再去想那塊綠寶石板的事：它給你帶來的傷害比其他東西都多。」

奧斯卡點頭。

「回歸到有實際價值的好東西上吧！」她建議：「請傑利替我們弄點漢堡，一瓶油，再加一大把鐵釘，先跟花園裡的朋友們吃喝一頓再回巴比倫莊園怎麼樣？」

奧斯卡猛點頭。

「您知道的，魏特斯夫人：說到這個，我一定跑第一！」

「那麼快去吧！我等一下就來。」

奧斯卡才剛走，擺在會客室最裡面的一尊鐵甲武士雕像就沿著嵌在地板裡的軌道滑動起來。

一扇暗門開啟，溫斯頓．布拉佛從裡面走出來。

「您處理得很好。」他對老夫人說。「我何必跟他說第四項支柱的事呢？現在說還太早，實在太早了。」

她轉身看大長老，繼續說：「但是史卡斯達爾，他倒是知道這第四項支柱的存在：從小藥丸所描述的情況來看，我不由得這麼認為。」

「我倒不是那麼確定。他的話也讓人相信史卡斯達爾並未從披風上看到。」布拉佛強調。「那是我們唯一的也是最後的一張王牌，是能贏過他的殺手鐧。我們還是保持樂觀吧……」

「溫斯頓，您確定所有東西都安全無虞嗎？我仔細想過，卻……」

他挽起她的手臂，與她並肩坐進沙發。

「貝妮絲，相信我。所有支柱都藏在安全的地方。黑魔君想把魔爪伸到其中任何一個上，還要等上很長一段時間。」

魏特斯夫人不再多說。大長老的話術，她早就滾瓜爛熟：這表示，他也認為，既然他們那該死的敵人終於得知代表醫族支柱的物品，很快地，他就有能力欺近威脅。無論如何，至少，前面三項已難倖免。到了那一天，世界將變成什麼樣子？

「溫斯頓，」她說，「讓我們像幾年前那樣吧！那時候，這些可怕的未來還離我們好遠……」

「那時我們做什麼？」

「茶，親愛的，我們喝杯茶吧！」

布拉佛露出微笑，站起身，準備召喚管家或雪莉。

「溫斯頓？」

「嗯？」

「如果這是我們最後一次從容無事地喝茶，那就乾脆一點吧！請彭思附上幾樣小點心，不要雪莉那些令人又愛又怕的甜點，當然。」

他會心一笑。

「當然。」他請她放心：「開戰前最後這杯茶，千萬不要。」

竭盡全力

隔天早晨，奧斯卡驚醒過來。過了好一會兒，他才想起今天是星期日，而他並沒有留在庫密德斯會度過整個周末。他朝鬧鐘瞄了一眼：十點！他跨過一個小丘——形狀隱約像一個睡在充氣床墊上，蓋在棉被裡的黑帕托利亞人——撲向衣櫥。他微微打開櫃子的門：這一次，在黑暗中隱隱發光的，有兩項戰利品。

他踮腳走出房間，先進浴室；出來時，一如以往，全身濕淋淋的，地磚上滴了一大灘水；然後下到一樓。賽莉亞一個人坐在廚房餐桌旁，讀著一本雜誌，喝著咖啡。

「哇！一個來自熟睡世界的幽靈……你房間裡下雨了嗎？我親愛的奧斯卡？」

他擁抱媽媽，一句話也沒說就撲向榛果巧克力醬，一口氣挖了四瓢吞下後才開口回答。

「我是第一名！勞倫斯還在睡。」

「更正：你是第三名。女孩們已經去公園了——我想，天才剛亮，歐馬利兄弟大概就在她們房間窗戶下站崗了。他們說服女孩們去划船。我不知道上次薇歐蕾在那裡做了什麼，不過巴特看起來不怎麼淡定……」

奧斯卡微笑起來。那次的記憶還歷歷在目：溼答答的姊姊和臉色慘白的巴特，後者囁嚅地解釋：薇歐蕾噗通跳下水，因為她想知道湖底是不是跟湖面一樣潮濕。

「我去叫醒勞倫斯，然後去找他們。」

「讓他吃塊奶油吧！可憐的孩子……他是不是瘦了一點？」

奧斯卡用非常誇張的眼神瞪著她看。

「並沒有。」他說，對於母親的判斷感到難以置信。

「啊？我還以為有咧！對了，在你上樓之前，我能問你一個問題嗎？」

做兒子的已經走到廚房門口，警戒地轉過身來。媽媽的問題，雖然彷彿只是在閒話家常，卻經常一針見血。

「問吧！」他回應。

「關於那張石板的事，可以讓死人復活什麼的……」

她本來想笑著講完，但奧斯卡卻嘆了口氣，背靠在門框上。

「那是……為了薇歐蕾。我本來想讓她高興一下，讓她……讓她看看爸爸。然後，希望她能因此回來跟我們過真實一點的人生。」

賽莉亞勾勾食指，示意他過來。奧斯卡倒退著走過去。她一把抱住他。

「只是為了薇歐蕾？真的？」

他聳聳肩，雙手插在口袋裡，試圖輕輕掙脫。

「我的兒子長大了，不肯給媽媽抱抱了……的確，你已經變成一個男子漢了。」她滿是驕傲地說。「而男子漢一旦想要什麼，就會勇往直前，堅持到最後。你所做的就是這樣，恭喜你，藥丸先生。」

他終於回應了真心話。

「我也想見他。」他坦承，「至少一次也好，見到真正的他，而不僅是一張照片。」

她想了一會兒，抓起榛果巧克力醬罐，把手指伸進去，然後往奧斯卡的臉頰和唇鬚上亂塗。

「喂！有毛病啊？」他大叫，簡直嚇呆了，同時又覺得很好玩。

賽莉亞站起來，跑去手提包裡東翻西找，拿出一面小鏡子，遞給兒子。

「好了！」她說，「你想見他，現在見到了。」

奧斯卡注視鏡中的映像。

「你跟他像極了，親愛的。好吧，他的頭髮稍微少一點，鬍子沒那麼長，不過，其他的部分，真的一模一樣。連這裡面也是。」她說著，用手指指男孩的心臟和腦袋。

他露出微笑，放下鏡子，深深望進媽媽的紫色眼眸。

「我信以為真了，那個綠寶石板的故事。」他說，「我真是個大笨蛋！什麼起死回生……」

「怎麼可以說是『大笨蛋』呢？嘿！男子漢，不准你這樣說我的兒子！你知道，不好好對待我孩子的人，我是怎麼處置他們的，不是嗎？」她說，並揮舞手掌威脅奧斯卡：「啪！啪！來一下，去一下，回敬他兩耳光！對了，我想，上次那天，我忘了去的那一下……」

「一下就很夠了。」奧斯卡回應：「其實……或許那一下也不是他應得的。」

賽莉亞用詢問的眼神看他。

「我對嗯嗯……對巴瑞的態度也不是很和善。」奧斯卡告解。「那並不完全是他的錯。好吧，」他又改口：「但他還是有一點錯！」

賽莉亞輕撫他的臉頰。她並沒有胡說：她的兒子真的長大了。

「現在是不是該去把勞倫斯叫醒了？」

「好的。」他說，「不過，在那之前，我想請妳做一件事……」

「好了，」勞倫斯走在奧斯卡身邊，手搗在心口上：「好多了。我只是看到你的樣子嚇了一大跳而已！那時候，我還沒睡醒嘛！我還以為你的頭皮被剝掉了咧！」

奧斯卡哈哈大笑起來，同時也已經瞥見湖邊的少男少女們。歐馬利兄弟，薇歐蕾和瓦倫緹娜，另外還有摩斯家的嘉莉和蘿娜，莎莉·邦克以及兩個跟她一樣強壯的男孩。他甚至隱約看到伊莉絲的身影：她雙手交叉在背後，像個海關人員一樣，仔細檢查船隻。莎莉和巴特剛推了四艘小船下水，彷彿推稻草束一般輕鬆。

「無論如何，你還是應該顧慮我的心臟才對。」抵達湖邊之前，勞倫斯埋怨：「一早起床心臟病發作而死的大有人在！」

他們走到這群人附近時，大家都停下動作，目瞪口呆。

「奧斯卡！你……你在羽翼太太家的草坪上睡著了嗎？！」傑瑞米驚呼。

莎莉繞了男孩一圈，好奇地打量。

「很好，這樣絕對可以節省梳頭的時間，雖然這還是比我的頭髮長，不是嗎？」

薇歐蕾急忙跑到弟弟面前，摸摸他剛剪短的頭髮。捲髮都消失了，賽莉亞動手時可沒客氣，完全遵照兒子的指示和建議去做。薇歐蕾用一種盡力安慰的語氣對他說：

「別怕，奧斯卡。」她緊緊握住他的手：「你的頭髮都安然無恙。」

「妳這麼認為？」

「對。」她堅定地表示。「只不過，從現在起，呃……它們……它們選擇往內長，就是這樣。這種事偶爾也會發生。所以才會在一醒來時發現頭髮都變短了。不過其實它們都活得好好的。」

「謝謝妳，薇歐蕾。」他對姊姊說：「這樣我就放心了。」

嘉莉．摩斯湊過來，雙臂交叉抱胸。

「我知道，基本上，你不會把我的意見當一回事，不過……我覺得這樣蠻適合你的。」

奧斯卡對她不好意思地笑笑。

「薇歐蕾把上次蒂拉那件事告訴我了……」

「算了，你已經被原諒了。」嘉莉打斷他，露出滿意的表情。「你運氣很好：我個人很討厭你，但我姊姊呢，她倒挺喜歡你的。」

蘿娜．摩斯的個性保守拘謹，被這麼一說，臉一路紅到髮根。

「嘉莉！妳在說什麼啦？！不，她……別她胡說八道。」

她的小妹跑來擋在她面前，雙臂還是抱在胸前。

「什麼？原來妳也討厭他？我還以為妳很喜歡他呢！假如妳討厭他，就要跟他說啊！但如果喜歡他，也要告訴他！」

「閉嘴啦妳！」少女斥喝妹妹，已不知該到哪裡找個洞鑽進去才好。

雖然她已經十二歲了，卻沒辦法封住嘉莉的口風。畢竟，從來沒有人能讓這個小女孩守口如瓶……

「好，ok，我們都懂了。」傑瑞米開起玩笑：「蘿娜，妳知道，雜貨小舖裡，情人節所需要的東西應有盡有。不過，我誠心勸妳趁早來挑，好貨很快就賣光了喔！」

奧斯卡走開來，以免讓可憐的蘿娜更尷尬。他的目光茫然望向冰淇淋小店，停駐在另一群圍桌而坐的少男少女身上。蒂拉身邊圍著她那兩個形影不離的閨蜜，她坐在中間——那就是她想要的位置——眉飛色舞地講述著什麼，似乎讓所有人都著迷入神。她瞥見奧斯卡，對他展現一個謎樣的微笑，決定走出小圈圈來找他，不顧俊美陰森的吉米．貝特斯擔心的眼神。

當她走到奧斯卡面前時，卻猶豫了起來，彷彿在尋找適當的話語切入。

「你真的是個……很特別的人，奧斯卡。」最後，她始終似笑非笑地這麼說。

奧斯卡想起摩斯的話。前一天，他們回到庫密德斯會後，羅南對他說：「你別想錯了，藥丸。剛才，我之所以幫你，是因為知道，面對黑魔君，兩個人合作，比剩我獨自一人要容易脫身。不過我們可不是朋友，你懂吧？永遠都不會是！現在，我們算是扯平了。你幫了我一次，我也幫了你一次。」說完這番話之後，他俯身靠近，目露兇光，又說：「還有三項戰利品要拿，接下來，大家各憑本事！」奧斯卡沒回答。反正，他也從來不認為他們之間的戰爭已經結束。「還有，不要太招搖。」摩斯最後特地補上一句，並且刻意提高聲量以確保所有人——尤其是魏特斯夫人和布拉佛先生——都聽得到：「下一次，請避免在班上女同學面前進行入侵術。蒂拉絲毫不會這樣就被你迷住。」

他把這番話跟薇歐蕾所描述的狀況對照聯想了一下，今天，不必蒂拉進一步說明，他已明白她想暗示他：上周六，她在雷歐尼家看見他施展入侵術。剛才，她是不是正在跟那一群朋友說這件事？她真的相信他能突然憑空消失嗎？

「我不知道你是怎麼辦到的。」她說，「不過……總之，我相信。真可惜，我很想講給大家聽，但是其他的人，他們都不會相信。」

奧斯卡聽她這麼說，鬆了口氣。跟蒂拉在一起，向來如此：難以探知她內心的想法。她想讓他了解什麼呢？她只是單純決定要守住祕密？還是其實她自己也並不相信？他認為不去弄清楚比較好。

「你要不要跟我一起吃個冰？」女孩提議，並拋出最美麗的媚眼。

他轉頭張望自己那群好友，藉此避開蒂拉的金色眼眸。

「他們在等我……」他回應。

她嘆了口氣。

「果不其然，你真的深諳消失之道，奧斯卡！也許會有那麼一天，你會願意留下來，多待兩分鐘……」

總算有這麼一次，她不像是在嘲笑他。她轉身離去，回到她那群朋友堆裡。

他用手摸摸頭。這個髮型，跟某個小相本裡某張照片上的一個男人一樣。簡單地說，就是那個男人的髮型。「這下子，連用巧克力醬塗一把留了三天的鬍子都省了。」賽莉亞那時這麼說：「你跟你老爸簡直是一個模子刻出來的。」

出門時，他回頭望了望家裡：透過窗戶，他看見媽媽拿起電話，猶豫了一會兒，然後撥了一組號碼。然後，他看見她綻放笑容，手指梳理著那頭烏黑亮麗的捲髮——有點像每次得到讚美或收到鮮花時那樣。

他深吸一大口氣，跑到勞倫斯旁邊，跟他一起上路。

「吼，奧斯卡！划船繞湖是今天的節目還是要等到明天啊？」莎莉急著拿槳開始划，而伊莉絲則一項一項念出她剛訂定的規則。

「非常簡單。」她說：「禁止用船槳潑我水，禁止划得比我快，禁止超我的船，撞我的船，還有……」

奧斯卡搖搖頭，不禁好笑，開始往河堤奔跑。在摩斯姊妹等著的小船上坐好後，他想到媽媽該擁有自己的生活，未來有三項戰利品在等他，而三項醫族支柱已被揭發；又想到現在病族的黑魔君已公開宣戰，所有人都擺脫不掉黑暗時刻的來臨；也想到要為自己和他所愛的人們做些什麼。他偶然瞥見映在水中的倒影：因為那一頭短髮，他幾乎認不出自己的臉，很奇怪地，反而以為是爸爸。

果然沒錯，該是長大的時候了。於是，他竭盡全力向前划。

國家圖書館出版品預行編目(CIP)資料

藥丸奧斯卡. 第四部, 綠色石板 / 艾力.安德森作 ; 陳太乙譯. -- 初版. -- 臺北市 : 春天出版國際, 2019.07
面 ; 公分. -- (D小說 ; 23)
譯自 : Les deux royaumes
ISBN 978-957-741-224-9(平裝)

876.57 108011133

D小說 23

藥丸奧斯卡 第四部 綠色石板

Les Deux Royaumes

作　　者　艾力・安德森 Eli Anderson
譯　　者　陳太乙
總 編 輯　莊宜勳
主　　編　鍾靈
出 版 者　春天出版國際文化有限公司
地　　址　台北市信義路四段458號3樓
電　　話　02-7718-0898
傳　　眞　02-7718-2388
E－mail　frank.spring@msa.hinet.net
網　　址　http://www.bookspring.com.tw
部 落 格　http://blog.pixnet.net/bookspring
郵政帳號　19705538
戶　　名　春天出版國際文化有限公司
法律顧問　蕭顯忠律師事務所
出版日期　二〇一九年七月初版
定　　價　240元

總 經 銷　楨德圖書事業有限公司
地　　址　新北市新店區寶興路45巷6弄6號5樓
電　　話　02-8919-3186
傳　　眞　02-8914-5524
香港總代理　一代匯集
地　　址　九龍旺角塘尾道64號 龍駒企業大廈10 B&D室
電　　話　852-2783-8102
傳　　眞　852-2396-0050

ISBN 978-957-741-224-9　Printed in Taiwan